애니멀 커뮤니케이터 루나의 **동물교감 강의**

애니멀 커뮤니케이터 루나의 동물교감 강의

초판 1쇄 인쇄일 2020년 7월 6일
초판 1쇄 발행일 2020년 7월 13일

글 이유미
그림 채복기
펴낸이 김완중
펴낸곳 내일을여는책
편집총괄 이헌건
디자인 윤현정
관리실장 장수대

인쇄 아주프린테
제책 바다제책
출판등록 1993년 1월 6일(등록번호 제475-9301)
주소 전라북도 장수군 장수읍 송학로 93-9(19호)
전화 063)353-2289
팩스 063)353-2290
ISBN 978-89-7746-938-9(03810)

애니멀 커뮤니케이터 루나의
동물교감 강의

글 이유미 그림 채복기

내일을여는책

목 차

1
동물교감의 기초

동물교감이란?

우리는 이제 동물교감이라는 단어가 낯설지 않은 시대에 살고 있습니다. 먼 과거에는 너나 할 것 없이 먹고사는 일이 절대적인 숙명이자 삶의 중심이었다면, 인류의 의식수준이 높아진 지금은 영적인 성장의 중요성을 깨닫고 그를 위한 삶으로 나아가고자 하는 사람이 많아졌습니다. 동물교감이 그 과정에 기여할 수 있다고 보는 이유는, 동물에 대한 인식과 교감이라는 막연한 소통 방식이 결합되어 전에는 결코 고민해보지 않았던 새로운 세상에 눈을 뜨게 해주기 때문입니다. 이 책을 통해 여러분이 그곳에 한 걸음 다가갈 수 있기를 바라마지 않습니다.

먼저 우리가 얘기하고자 하는 '동물'이 무엇인가에 대해서는 보편적인 정의를 기준으로 하는 게 좋을 것 같습니다.

인간도 동물입니다. 그러나 우리는 인간 동물과 비인간 동물을 구분해 불러왔기 때문에 편의상 인간을 제외한 다른 동물을 여기서는 그냥 '동물'로 지칭하겠습니다.

이 지구에는 인간과 함께 살아가는 수많은 동물이 있고 더 가까운 곳에는 우리의 반려동물이 있습니다. 우리와 더불어 살아가는 가족 같은 존재들이지요. 애완동물이 반려동물이 된 것은 그들의 정체성에 큰 변화가 생겼음을 의미합니다. 그들이 달라진 게 아니고 그들을 바라보는 우리의 마음이 달라진 것입니다.

제가 동물교감에 대해 이야기하는 대상은 바로 우리의 '반려동물'입니다. 밖을 나서면 길 위에서 태어나 시멘트 바닥을 딛고 살아가는 동물도 있고, 동물원에 가면 저 멀리 아프리카나 북극에서 날아온 야생동물들이 낯선 철창 안에서 힘겹게 살아가기도 합니다. 그 많은 동물과 마음을 이어 이런저런 대화를 나눌 수 있다면 좋겠지만 저의 동물교감 작업은 우리와 한 지붕 아래 살고 있는 반려동물에 국한되어 있습니다.

그렇다고 동물과 교감하는 방법이 반려동물이나 야생동물이 각각 다르지는 않습니다. 인간이 인간과 동물을 나누어 불러왔듯 반려동물과 야생동물을 구분한 것도 특정한 목적을 위해 그래왔을 뿐이니까요. 기본적으로 동물교감을 얘기할 때는 반려동물이 대상이 되지만 여러분이 다른 동물에게도 관심이 많다면 그곳까지 확장해 교감을 시도해볼 수 있을 것입니다. 반려동물과 나누는 이야기에도 인간이 상상할 수 없었던 세계가 펼쳐지곤 하지만 교감의 대상이 다양해진다면 그 세계는 무한대로 넓어질 수 있습니다. 그 세계에 대한 접근은 이 책을 통해 동물교감을 이해하고 그 방법을 터득한 여러분의 몫으로 남겨두고자 합니다.

그렇다면 과연 동물교감은 무엇일까요? 동물과 교감, 각각의 단어들은 어렵지 않은데 두 단어를 조합하니 무언가 아리송해집니다. 조금 더 쉽게 다가가 볼까요?

교감의 당사자를 인간과 동물이 아닌 인간 대 인간으로 설정해보겠습니다. 인간관계에는 수많은 감정의 교류가 있고, 말을 하지 않더라도 알게 되는 그 무언가를 많이 경험해보았을 것입니다. 가장 쉬운 소통은 언어를 이용하는 것이지만 말로 표현하기 힘들 정도의 벅찬 감정이나 말도 하기 싫은 불쾌한 상황일 때는 언어 이외의 것을 통해 상대방의 의도를 감지하기도 합니다. 다양한 표정이나 보디랭귀지에 대한 경험적인 이해가 우리의 머릿속에 데이터로 축적되어 있어서 가능한 일입니다.

이러한 데이터에 근거해 인간이 아닌 동물의 행동 원인을 파악하고 연구하는 것이 '동물행동학'입니다. 일반적으로 동물의 행동을 이해하고, 문제 행동을 교정하거나 훈련할 때 지침이 되는 이론이라고 볼 수 있지요. 하지만 '동물교감'은 데이터에 근거해 동물의 심리를 분석하는 것이 아닙니다. 동물행동학과 동물교감의 차이는 여기에 있습니다.

언어나 보디랭귀지, 특정한 데이터가 없는 상황에서도 우리는 상대의 마음을 알아채곤 합니다. 물론 항상 정확하다고 할 수는 없습니다. 하지만 언어나 보디랭귀지 또한 오해의 소지가 있을 수 있다는 것을 감안한다면 아니 오히려 언어가 인간관계에서 가장 많은 오해를 불러일으키는 불완전한 소통의 도구라는 점을 인식한다면 우리도 모르게 감지되는 그 어떤 '사실'이 때로는 더 정확한 정보일 수도 있다는 걸 이해할 수 있을 것입니다.

그러한 정보가 어디서 어떻게 오는 것인지 우리는 잘 알지 못합니다. 그럼에도 결과적으로 정확도가 높은 정보였다는 것을 알고 나면 '역시 내 직감이 맞았다'라고 되뇌게 됩니다. 설명하기는 힘들지만 거의 모든 사람이 이처럼 어떤 사실을 '그냥' 알게 되는 경우가 있습니다. 한두 번 우연의 일치라고 하기에는 그 수가 적지 않습니다. 정도의 차이는 있지만 직감의 촉수를 세상과 연결해 놓은 사람들에게는 훨씬 더 다양하고 높은 빈도로 정보의 수신이 일어납니다.

그러나 여러분이 지금까지 만물의 근원을 물질로 여겼던 유물론자였다고 할지라도 걱정할 일은 아닙니다. 강의에 참여하는 많은 사람이 자신을 소개할 때 '특별할 것 없는 아주 평범한 사람'이라고 말하곤 합니다. 또는 이런 식의 교감이 가능하리라고 생각해 본 적이 없었다거나 도대체 동물교감이 어떻게 가능한지, 정말 가능한 일인지 궁금해서 오게 되었다는 사람도 많습니다. 하지만 막상 강의가 끝나고 나면 교감에 기대가 있었든 없었든 대부분의 사람이 전에는 알지 못했던 새로운 세계를 경험했다고 말합니다. 그리고 특별한 사람들만 가능할 것 같았던 동물교감이, 마음만 열면 도처에서 가능한 아주 단순한 소통 방식이었다는 사실도 깨닫게 됩니다. 여기까지 얘기하면 동물교감이 무엇인지, 어쩌면 여러분이 생각했던 방식과 조금 다를 수는 있겠지만 어느 정도 이해되고 있을 거라 생각이 듭니다.

동물교감에 대해 처음 갖는 환상 중 하나는, 교감을 배우고 나면 갑자기 동물들의 마음의 소리가 여기저기서 들려오지 않을까 하는 것입니다. 영화 속 장면들처럼 말이죠. 그러나 그런 일은 극히 드뭅니다. 강의를 통해 다른 나라의 언어 같은 동물의 언어를 새롭게 배우는 것이 아니기 때문입니다.

동물교감이란 우리 안에 잠재돼 있는 인식 방법을 깨닫고 그 촉수에 다시 생명력을 부여해 비로소 그러한 방식으로 동물과 소통하는 것을 일컫습니다. 다만 익숙하지 않은 방법이기도 하고 눈에 보이거나 귀로 들을 수 없기 때문에 처음에는 다소 아리송한 느낌이 있습니다. 그렇더라도 그 막연한 과정들조차 자신만의 패턴을 발견해가는 아주 소중한 경험입니다. 모두가 다를 수 있는 자신의 언어를 만들어가는 과정이라고 할 수도 있을 것입니다. 즉, 동물과 소통할 수 있는 자신만의 언어가 창조되는 시간입니다.

처음에는 거친 느낌으로 알 듯 말 듯 정보를 수신하거나 대화를 주고받지만 우리의 마음이 편할수록 동물에 대한 사랑이 진실해지고 그 열망이 깊을수록 교감의 세계는 더 정교한 모습으로 열리게 됩니다. 표면적으로는 대화의 형식을 빌리지만 그것은 언어로 주고받는 방식에 익숙하기 때문일 뿐이고 사실상 동물과의 교감이 이루어지면 말로 표현하는 것이 오히려 어색하고 더 어렵게 느껴지기도 합니다.

다시 정리하자면 우리가 우선순위로 두지 않았던 소통 방식인 마음과 마음을 연결하는 것이 동물교감의 근간이라고 할 수 있습니다. 이러한 연습 과정을 거친 뒤에야 비로소 어느 정도 원활한 동물교감을 할 수 있게 됩니다. 과정이 길거나 짧거나 하는 것은 모두 여러분의 이해와 노력 여하에 달려 있습니다. 어떻게 이해하고 어떻게 노력해야 하는지가 이 책을 통해 설명하고자 하는 주된 내용입니다. 특히 동물교감전문가, 애니멀 커뮤니케이터라는 이름으로 더 넓고 깊은 교감의 세계에 다가가고 싶은 사람을 위한 현실적인 입문서이기도 합니다. 그 과정이 조금 더 수월할 수 있도록 '동물교감'이라는 단어 속에 담긴 신비로운 세상을 다각도로 분해해 알기 쉽게 설명하고자 합니다. 동물교감이 어떻게 가능한지, 어떻게 하면 우리와 그들의 마음을 연결할 수 있을지 차근차근 짚어보도록 하겠습니다.

동물교감은 정말 가능한 일일까?

동물교감이 가능하게 되었을 때, 특히 동물을 좋아하는 사람이라면 도란도란 이야기를 나누는 상상에 무척 즐거울 수도 있을 것이고 사랑하는 반려동물을 떠나보낸 사람이라면 못다 한 이야기를 전해주고 싶은 마음이 클 것입니다. 또는 인간이 착취해온 다양한 동물의 세계에 미안한 마음을 갖고 있었던 사람이라면 마침내 그들의 이야기를 듣게 되었을 때 어떻게 다 감당할 수 있을지 두렵기도 하겠지요.

그렇다면 동물교감을 배우기 전에는 교감이 전혀 이루어지지 않았을까요? 동물을 사랑하고 가까이서 지켜본 사람이라면 말로 하지 않아도 알게 되는 그 무언가가 있다는 것쯤은 이미 잘 알고 있을 것입니다. 하지만 좀 더 전문적인 면에서 동물교감을 이야기할 때는 단순한 감정의 이해가 아니라 조금 더 특별한 그들의 이야기를 기대하는 것입니다. 예를 들어 강아지가 기분이 좋거나 좋지 않을 때, 무엇을 필요로 하거나 요구하는지 등을 아는 것은 기본이고 그 외에도 주절주절 우리에게 하고 싶은 얘기를 풀어놓을 것 같은 그런 상황을 상상하기 쉽지요. 마치 친구와 끝도 없이 수다를 떠는 것처럼 말입니다. 물론 그런 상황도 가능하지만 보다 중요한 것은 우리와 동물, 둘의 관계에서 정신적인 연결을 확인하는 것입니다. 서로에게 원하는 것을 충족시켜 주는 관계가 아닌, 존재만으로도 소중한 마음의 연결이지요. 그 마음을 이해시키고 이해할 수 있게 되면 '사랑'을 발견하고 그 사랑으로 더욱 견고한 관계를 이어갈 수 있기 때문입니다.

그런 면에서, 우리는 가장 중요한 교감을 경험해 왔으면서도 그것이 과연 제대로 된 교감인지 확신할 수 없었습니다. 내가 이해하고 있는 강아지와 고양이의 마음이 맞았던 것인지 혹시 그들은 딴 생각을 하고 있었던 건 아닌지 다시 한번 확인을 하고 싶었던 것입니다. 그들의 언어를 모르기 때문에 더 깊이 파고 들어갈 방법을 찾지 못했을 수도 있습니다. 언젠가 TV에 출연한 애니멀 커뮤니케이터가 동물의 마음을 읽고 설명해주는 것을 보면서 우리는 미처 몰랐던 새로운 사실을 알게 된 것처럼 놀라워했습니다.

하지만 잘 생각해보면 어느 정도는 우리도 이미 감지하고 있었던 내용이었습니다. 다만 그렇게 전문적으로 활동하는 사람은 더욱 섬세하거나 지엽적인 부분까지 읽어낼 수 있기 때문에 우리가 구체적인 도움을 받기가 훨씬 쉬워지는 것입니다.

사람들은 다양한 방식으로 동물교감을 이해합니다. 동물교감이 충분히 가능할 것이라 여기는 사람들은 신비로운 세상을 경험한 듯 놀라워합니다. 그리고 동물교감이라고는 하지만 동물과 연결해 무언가를 맞히는 것 같은 인상을 받은 사람들은 애니멀 커뮤니케이터를 점쟁이나 무당처럼 이해하기도 합니다. 어쩌면 이것이 가장 보편적으로 인식되는 애니멀 커뮤니케이터의 모습이라는 생각도 듭니다. 또는 동물교감이 어떻게 가능할 수 있겠느냐며 말도 안 되는 사기라고 폄훼하는 사람들도 많습니다. 다른 나라보다 특히 우리 사회에 이런 인식이 팽배한 것 같습니다.

크게 보면 이렇게 세 부류의 이해 방식이 있는데 저는 첫 번째에 해당하는 사람이었습니다. 그리고 어떤 인연인지 우연인지, 그후 제 삶에서 가장 큰 고통을 경험하면서 동물교감을 할 수밖에 없는 상황에 놓이게 되었습니다. 지금에야 그 일들이 줄줄이 일어나게 된 이치를 이해하고 있지만 그때는 무방비상태, 일종의 카오스 시기였다는 생각이 듭니다. 지금 함께하고 있거나 언젠가 함께했던 반려동물이 여러분의 삶에서 보석 같은 존재로 떠오른다면 앞으로 경험할 동물교감의 세계 또한 놀랍고도 소중하게 펼쳐질 것이라 생각합니다.

미국의 철학자이자 심리학자였던 윌리엄 제임스는 이렇게 말했습니다.

> "까마귀가 모두 검다는 법칙을 깨기 위해 검은 까마귀는 한 마리도 없다는 것을 증명할 필요는 없다. 단 한 마리의 흰 까마귀가 있다는 사실을 증명하는 것으로 충분하다."

이것을 동물교감에 적용해 보면, 동물교감이 우리의 환상처럼 동물과의 대화가 자유자재로 이 세상 저 세상을 넘나드는 것은 아니지만, 교감 연결 방식을 깨닫고 그 후에 보고 듣고 느끼는 많은 것들이 동물로부터 오는 소중한 정보라는 것을 경험하게 되면 검은 까마귀로 가득한 세상에서 흰 까마귀 하나를 발견한 환희를 맛보게 됩니다.

정보는 어디에 있는가? 어디에서 오는가?

사실 동물교감이 어떻게 가능한가 하는 데 대해서는 아주 간단히 답변을 드릴 수도 있습니다. 그렇다고 해서 그 답변에 돈오(頓悟)의 통찰이 일어나기는 어렵습니다. 사람들을 더 아리송하게 만들 수도 있고, 너무 단순한 답변은 오히려 생각을 거기에 멎게 하는 역효과를 불러일으키기도 합니다. 또, 모든 문제는 단순한 데 답이 있기 마련이지만 사람들은 그걸 시시하게 여깁니다.

답을 듣고자 하는 대상의 의도가 무엇이냐에 따라 아주 간단하게 또는 몇 날 며칠 기나긴 설명과 사례를 덧붙여 이해를 시킬 수도 있을 것입니다. 저는 여러분이 더욱 깊은 이해를 기대하고 있을 거라는 믿음으로 여러 방식을 동원해 최대한 자세한 설명을 하고자 합니다. 더 원론적인 질문으로 들어가면 동물에게도 마음과 생각이 있기나 한지 여러 의문이 들 수 있겠지만 여기에 대해서는 깊이 다루지 않겠습니다. 기본적으로 반려동물과 동고동락하며 살아가고 있는 사람이라면 이 부분에 대한 의심은 없으리라 믿습니다.

자, 이제 여러분은 하나의 문 앞에 서 있습니다. 그동안 살아왔던 세상과는 다른 세계가 열릴 것이라는 설렘이 있다면 여러분은 이미 그 문을 열 준비가 된 것입니다. 단언컨대 문을 열고 나가 새로운 세상을 보게 된다면, 이전의 삶으로 돌아가기 힘들 수도 있습니다. 그렇다고 두려워하지 않기를 바랍니다. 돌아가고 싶어도 돌아갈 수 없는 고립의 상태가 아니라 다시 돌아가고 싶지 않은 새로운 세상이 되어줄 테니까요.

일단 문을 열기는 했는데, 어디로 가면 얻고자 하는 것들을 찾을 수 있을까요? 여기서 찾고자 하는 것은 동물의 마음 그리고 보이지 않는 그것을 보고 듣는 기술이 되겠지요. 동물이 말하고 싶은 것이 있을 때, 그들 마음속의 외침을 어떻게 들을 수 있을까요? 또는 어떻게 볼 수 있을까요? 어쩌면 다른 나라의 언어를 가르치는 게 더 쉬울 수도 있습니다. 보이지 않고 들리지 않는 것을 어떻게 보고 들을 수 있도록 가르칠 수 있을까요? 무성한 잎이 드리워진, 아직은 어둡고 낯선 세상이라 다소 헤매거나 혼란스러울

수도 있습니다. 그러나 저만 잘 따라온다면 볼 수 없고 들을 수 없는 세계를 보고 듣게 되거나, 최소한 '느끼게' 될 것입니다.

여기서 개념 하나를 설명하며 시작하겠습니다. '아카식 레코드'(Akashic Records)입니다. 아카샤(ākāśa)는 산스크리트어로 허공, 우주, 하늘을 가리킵니다. 따라서 아카식 레코드는 아카샤의 기록, 즉 우주와 인류의 모든 기록을 담은, 차원을 초월한 정보의 집합체를 일컫습니다. 더 쉽게 얘기하면 세상의 '모든' 정보가 담긴 도서관 같은 개념이라고 말할 수 있습니다.

아카식 레코드는 '공간'의 차원까지 초월한 개념이지만 물질세계에 살고 있는 우리로서는 어떤 데이터 센터처럼 특정 공간에 정보가 저장되어 있는 것이라고 생각하는 게 당연합니다. 우리의 두뇌로는 초차원의 세계를 이해할 방법이 사실상 없기 때문에 우선은 어디엔가 존재하는 정보 센터라고 받아들여도 무방할 것 같습니다. 그러다 점점 이해를 확장시켜 보십시오. 아무리 단순하더라도 상위 차원은 그 하위 차원을 무한대로 포함할 수 있습니다. 아무리 짧은 선(線)이라도 그 위에 무한의 점(點)을 찍을 수 있듯이 말이지요.

아카식 레코드에는 도대체 어떤 정보들이 저장되어 있기에 동물의 마음을 얘기하다 말고 갑자기 그런 생소한 개념을 꺼냈을까요?

우선 아카식 레코드의 정보 저장 능력은 무한대라고 말할 수 있습니다. 그곳에는 그야말로 세상의 모든 것이 담겨 있습니다. 그런 면에서 동물의 마음 또한 세상의 모든 것에 포함되는 아주 작은 일부의 정보일 수 있다는 점이 중요합니다. 예를 들어 길을 걸으면서 바라보는 풍경이나 마주치는 사람, 지나는 차들은 그 순간의 나에게는 아무런 의미가 없을 수 있지만 머릿속에는 다양한 생각들이 스칩니다. '비가 내린 후라 세상이 참 깨끗하구나!' '저 사람의 옷 입는 스타일은 특이하네. 남의 시선에는 아랑곳하지 않나 보군.' '왜 저 차는 시끄럽게 빵빵거릴까?' 등등…. 어쩌면 내일이나 모레면 잊어버릴지도 모를 의미 없는 생각들이 끝도 없이 일어나게 되지요.

우리는 그것을 따로 기억해야 하거나 삶에서 중요한 깨달음이라고 여기지 않습니다. 같은 상황이 반복되지 않는 이상 두 번 다시 같은 생각을 하지도 않습니다. 불쑥불쑥 일었던 생각이라 그대로 사멸되곤 합니다. 그런데 이런 모든 의미 없는 생각들조차 우리가 알지 못하는 어딘가, 즉 아카식 레코드에 고스란히 저장된다는 얘기입니다.

다시 동물교감 얘기로 돌아가 보겠습니다. 동물이 느끼는 감정, 생각, 욕구가 있다면 우리가 당장 알아듣지 못하더라도 그것 또한 아카식 레코드에 고스란히 담길 것입니다. 강아지가 무얼 먹고 싶은지, 가족에게 무얼 원하는지, 아픈 곳은 없는지 등등 질문에 제한은 없습니다. 사실상 우리가 알고자 하는 것이 있다면 그것이 무엇이든 이론적으로는 다 취득이 가능하다는 얘기지요. 아카식 레코드에 제대로 접속만 한다면 말입니다.

이제 아카식 레코드에 어떻게 접속하느냐 하는 문제가 남았습니다. 그 기록이 어디에 있는지 좌표를 알면 찾아가기 쉬울 것입니다. 그런데 물질세계에서나 통하는 주소, 도로명, 번지수 등이 아카식 레코드에 설정된 좌표는 아니라는 게 문제입니다. 애초에 그것은 차원을 초월해 있는 그 무엇이기 때문에 기존 방식으로는 통하지 않습니다. 한편 다행스러운 점은 아카식 레코드가 와이파이 신호처럼 특정 공간에서만 접속 가능한 정보 저장고가 아니기 때문에 오히려 더 수월할 수도 있다는 겁니다. 세상 어디에나 존재하기 때문입니다. 보이지는 않지만 어디에나 존재하는 것, 마치 우리가 순간순간 숨을 쉬며 이 세상을 살아가듯 저의 곁이든 여러분의 곁이든 저 먼 우주 공간이든 어디에서나 열람이 가능한 도서관이라고 이해할 수 있습니다.

또 혼란스러워집니다. 어디에나 있다고 한들 보이지 않는데 어떻게 찾느냐는 거죠. 다시 원점으로 돌아가 어디에나 있다고 하는 것부터 의심스러울 수도 있습니다.

제가 어렸을 때 교회에 다니면서 들었던 말 중에 참으로 이해하기 어려웠던 게 있습니다. '하나님은 어디에나 계시는 분'이라는 얘기였습니다. 어린 마음에 그 말이 제대로 이해되지 않아 참으로 답답했던 기억이 있습니다. 아니, 내 곁에 있으면 네 곁에는 없어야지 어떻게 동시에 거기에도 있고 여기에도 있을 수 있는가, 하는 것이 제 이해의 한계였지요.

신(神)을 물질세계에서 보이는 여타 존재들처럼 하나의 개체로 이해하면 이런 한계에 부딪히게 됩니다. 하지만 제대로 종교를 이해하는 사람이라면 지금 제가 설명하고자 하는 개념인 아카식 레코드가 어디에나 존재할 수 있다는 것도 충분히 받아들일 수 있을 것이라 생각합니다. 그렇다고 아카식 레코드를 무소부재 (無所不在)한 신의 능력과 동일시하는 것은 아닙니다. 어쩌면 그 모두가 다르지 않은 일체의 어떤 것일 수도 있겠지만요.

여기서 또 하나의 의문점이 생깁니다. 우리는 애초에 동물과 이야기를 주고받는 아날로그적인 방식으로 동물교감을 이해했습니다. 그게 우리가 생각하는 동물교감의 자연스러운 모습일 것입니다. TV를 통해서 보았던 애니멀 커뮤니케이터 역시 천천히 동물에게 다가가 눈을 응시한 채 조용히 기다리면서 동물로부터 전해 오는 메시지를 마음으로 느끼는 것처럼 보였습니다. 그런데 난데없이 데이터니 아카식 레코드니 하니까 뭔가 아름다운 환상이 깨지는 것 같은 느낌도 듭니다. 동물교감은 동물과 대화를 하는 것인가 아니면 단순히 아카식 레코드로부터 정보를 가져오는 것인가, 생각해보지도 않았던 의문이 들기도 할 것입니다. 저 또한 한없이 아름답고 순수하기만 할 것 같은 동물교감의 세계를 이렇게 설명하고 싶지는 않지만, 사실 이 둘은 분리된 것이 아닙니다. 구체적인 정보 없이 알게 되는 어떤 것들은 세상 모든 곳에 존재하기 때문에 가능한 것이며, 동물의 마음 또한 그 일부일 수 있다고 하는 것이 이 개념의 요지입니다.

여러분이 동물교감을 시도할 때는 굳이 아카식 레코드라는 단어를 상기하지 않아도 될 것입니다. 대상 동물에게 초점을 맞추고, 알고자 하는 그 동물의 마음을 보고 듣고 느끼고 싶다는 의도만 가지면 됩니다. 보이지 않는 에너지 리딩 작업을 기본으로 하는 사이킥 기예에서는 읽고자 하는 대상을 무엇으로 두느냐의 차이만 있을 뿐 사실상 접근하는 방식은 거의 다르지 않기 때문입니다.

우리나라의 애니멀 커뮤니케이터

우리나라에 애니멀 커뮤니케이터가 소개된 것은 2009년 'TV동물농장'이라는 프로그램을 통해서였습니다. 하이디 라이트(Heidi Wright)라는 미국 여성인데, 일본에 먼저 소개되었고 이후 우리나라에 와서 여러 동물의 비밀 같은 마음속 얘기를 전해 주었습니다. 고양이가 그토록 특정인에게만 화가 나 있었던 이유, 강아지가 도무지 마음을 열지 않고 사람들을 외면했던 이유, 길들여지지 않은 망아지처럼 마구 날뛰었던 말의 이야기 등등….

우리는 그 동물들의 모습을 보면서 과연 그럴 만했다고 느꼈습니다. 함께하는 가족도 짐작은 했겠지만 막상 듣고 보니 더 배려하지 못했던 자신들의 무신경이 너무도 미안하다고 했습니다. 하이디가 놓아준 다리를 통해 이런 마음의 교류가 시작되자 동물들의 행동은 드라마틱하게 바뀌게 되었지요.

동물들은 우리와 같은 언어를 쓰지 않습니다. 우리는 속상할 때 속상하다고 얘기하면 되지만 그들은 달리 표현할 방법이 없어 몸으로 나타냅니다. 왜 하필이면 사람이 불편해지는 방식으로 표현하는지 못마땅할 수는 있겠지만 교감을 해보면 대부분의 동물들이 비슷한 대답을 합니다. 그래야 가족들이 관심을 가져주더라는 것이지요. 일상의 평범한 표정과 행동으로는 도무지 사람들의 주의를 끌 수가 없기 때문에 그들은 극단적인 방법을 동원해 마음의 이야기를 터뜨리고 있는 것입니다. 반면 사람들은 평소와 다른 동물의 행동에 대체로 불편한 심기를 느끼기 마련입니다. 아무 데나 오줌을 누거나 이웃에서 항의가 들어올 정도로 종일 짖어대기만 한다면 어느 누가 좋아할까요? 그 번거로운 상황, 불편한 마음에 사로잡히면 동물이 외치고 있는 간절한 메시지를 놓치기 쉽습니다. 그럴수록 동물들은 더욱 크게 마음의 소리를 터뜨리지만 오히려 상황은 걷잡을 수 없을 지경으로 악화되고 맙니다.

이쯤 되면 동물들이 좋은 방법을 택했다고 말할 수는 없지만 말도 안 통하는 사람과 살아야 하는 그들의 심정은 오죽 답답했을까요? 사람은 사람대로 동물은 동물대로 만날 수 없는 평행선을 달릴 때, 그들을 만나게 해주는 사람이 바로 애니멀 커뮤니케이터입니다.

동물이 무슨 얘기를 하고 싶어 하는지 진실한 마음을 듣고 나면 사람도 그제야 자신의 반응과 대처가 잘못되었다는 것을 깨닫게 됩니다. 깨달으면 행동이 변하고, 사람이 변하면 같이 사는 동물도 변합니다. 대부분의 문제 행동이라고 부르는 상황은 동물들의 간절한 외침이라고 이해할 수 있습니다. 그 상황을 이해하고 잘 풀어보고자 하는 의지만 있다면 해결 방법은 얼마든지 있다는 얘기죠.

하이디에 대한 시청자들의 반응은 분분했지만 동물과 그렇게도 이어질 수 있다는 앎을 준 것은 큰 변화였습니다. 그리고 또 하나, '그렇다면 나도 동물과 대화할 수 있지 않을까?' 하는 긍정적인 희망을 보여준 것입니다. 대체로 애니멀 커뮤니케이터는 특별한 능력을 타고난 사람만이 가능하다고 생각하는 경향이 있지만, 일부 용기 있는 사람은 자신도 충분히 가능할 것이라고 믿고 새로운 노력의 출발점에 서게 됩니다. 하이디처럼 유명해져서 TV에 출연하는 게 목표가 아니라 우리 곁에 함께 사는 반려동물의 마음을 좀 더 잘 듣고 이해하고 더 강한 연결고리로 이어지고 싶다는 욕심이 생긴 겁니다.

그때만 해도 애니멀 커뮤니케이터가 되기 위해서는 어떤 과정을 거쳐야 하는지 몰랐습니다. 갑자기 새로운 능력을 부여받게 되는 신의 축복과 같은 것이 아니라면 어디서 어떻게 배워 습득할 수 있는 기술인지 혹은 기술이 아닌지조차도 몰랐습니다. 지금 생각하면 사람들의 관심에 부응해 애니멀 커뮤니케이션 강의를 개설한 이들도 무엇을 어떻게 가르쳐야 할지 몰라 좌충우돌 헤매는 경우가 많았습니다. 이 때문에 동물교감을 배우고 싶어 했던 사람들은 어수룩한 시작점에서 여기저기 헤매다 스스로 시행착오를 겪어야 했습니다. 하지만 포기하지 않은 소수의 사람들은 각자의 방식대로 동물교감을 체계화해 나가기 시작했습니다.

이 과정은 단연코 다양하면서 수적으로도 많은 동물과의 교감 경험이 뒷받침되어야 합니다. 물론 우리가 알 수 있는 동물교감의 세계는 각자의 경험치 밖으로 뻗어갈 수 없습니다. 비슷해 보여도 늘 새로운 경험이고 어느 정도의 신뢰할 만한 데이터가 쌓이더라도 그에 반하는 다른 '진실'은 언제나 존재할 수 있다는 것을 알아야 합니다.

저는 어려서부터 다양한 동물들이 함께 사는 환경 속에 있었습니다. 동물을 좋아했고 늘 그들에게 말을 걸고 이야기를 주고받는 기분으로 혼자 중얼중얼하곤 했습니다. 이처럼 막연하게만 느끼고 있었던 그들과의 대화가 실제로 가능할 것이라는 믿음을 갖게

되니 행복하기 그지없었습니다. 마음에는 열망이 생기고 즐거운 배움과 꾸준한 노력, 스스로 깨닫게 되는 저만의 동물교감의 세계가 점차 확장되고 나니, 마치 이 일이야말로 제 삶에서 가장 소중한 소명처럼 여겨지기에 이르렀지요. 처음부터 의도했던 바는 아니지만 상황은 자연스럽게 펼쳐졌습니다.

2016년에는 고용노동부 산하 한국고용정보원에서 관리하는 한국직업사전에 동물교감전문가(유사명칭: 애니멀 커뮤니케이터)를 신직업으로 등재시키기에 이르렀습니다. 이전에는 존재하지 않았던 이름이었지만 동물교감 활동을 전문적으로 하는 사람들이 등장하게 되었다는 것은 우리 사회에도 작지 않은 변화였습니다. 하지만 등재 과정은 쉽지 않았습니다. 공공기관의 연구위원에게 동물교감이 어떻게 가능한 일인가를 납득시켜야 했기 때문입니다. 동물을 키워본 적도 없고 동물교감이라는 것도 처음 듣는 사람, 동물교감이 가능하다 하더라도 별 관심이 없는 사람에게 동물교감을 이해시키는 건 쉽지 않은 일이었습니다.

여러 과학적인 근거들을 바탕으로 활동 내역과 자료까지 몇 차례 제출하고 브리핑한 이후 긍정적으로 검토되기에 이르렀지요. 마침내 한국직업사전에 동물교감전문가, 애니멀 커뮤니케이터라는 직업명이 등재되었다는 최종 결과를 전달받았을 때는 그 어느 때보다 보람 있고 기뻤던 기억이 생생합니다. 이후에는 더욱 단단한 사회적인 기반을 토대로 협회[1]를 구성했습니다. 구성원들과는 동물교감이라는 기본적인 관심분야를 공유하며 더욱 폭넓은 가치를 지향한다는 뜻을 모았습니다. 동물을 사랑하고 동물과 교감하는 사람들의 모임이자 동물보호에 대한 사회적 이슈에도 참여하고 더 나아가 지구에 존재하는 모든 생명체가 더불어 살아가는 평화로운 세상을 꿈꿉니다.

우리나라에서 활동하는 동물교감전문가가 기하급수적으로 늘어날 것이라고는 보지 않습니다. 직업적으로 활동하더라도 안정된 경제력이 보장되지도 않고, 시도 때도 없이 사람들의 요청에 응해야 하는 일이기도 합니다. 먹고사는 일로만 여긴다면 생각보다 고된 일이 될 수도 있습니다. 하지만 반려동물과 함께하는 사람들이 있고, 반려동물과 사람의 마음을 이어줄 메신저가 필요한 그때까지는 비록 소수지만 동물교감전문가들이 자신의 소명을 감사히 여기며 그 역할을 충실히 해낼 것이라 생각합니다.

---

1) 한국동물교감전문가협회(Korean Animal Communicator Association)에는 동물교감의 각 분야에서 활동하는 동물교감전문가, 레이키 마스터, 펫타로 마스터가 공인전문가로 등록되어 있다. 또한 협회가 지향하는 바에 공감하고 동참하고자 하는 다양한 분야의 일반 회원들로 구성되어 있으며 홈페이지(www.animalcommunicator.kr)를 통해 협회의 활동 내역과 강의 정보 등이 업데이트되고 있다.

2
동물교감 이해의 확장

사이킥 리딩과 ESP

사이킥(Psychic)이라는 단어를 사전에서 찾아보면 '초자연적인, 초
능력이 있는, 초능력자 또는 영매' 등의 설명이 나옵니다. 보통
사람들의 두뇌로는 이해하기 힘들어서 그 이해 범위를 벗어나 있
다는 개념을 덧입힌 것인데, 세상에는 우리의 신체 기관으로 인
식할 수 있는 것들만 존재하는 것이 아니지요.

세상에는 다양한 사이킥 기예가 존재합니다. 리모트 뷰잉
(Remote Viewing)[2]과 리모트 인플루언스(Remote Influence)[3], 오라

---

2) 이 프로토콜을 만든 사람은 미국의 잉고 스완(Ingo Swann, 1933~2013)이며 그는 본래 지니고 있던 투시 능
력이 발현될 때 일어나는 심리적인 프로세스를 대중적으로 체계화하였다. 이후 미국 국방부에서도 그의 연구
와 리모트 뷰잉 기법을 인정하고 스타게이트 프로젝트라는 리모트 뷰어들로 이루어진 특수부대를 발족하기
에 이른다.
3) 리모트 뷰잉에서 확장된 기법이며 사람이나 물질 등 특정 대상에 의도된 영향력을 행사하고자 할 때 쓰인다.

리딩(Aura Reading)[4], 차크라 리딩(Chakra Reading)[5], 사이코메트리
(Psychometry)[6], 클레어보이언스(Clairvoyance)[7] 등을 들 수 있는데
이들의 목적은 단순히 초능력을 보여주는 것이 아닌 '의식의 확
장'입니다. 그리고 스스로 또는 내담자에게 통찰을 줄 수 있어야
합니다. 보통 사람은 인식하기 힘든 곳까지 접근이 가능하게 되
면 어떤 능력을 완성했다는 자만심이 생기기 쉽습니다. 특히 초
보자의 경우 자기가 만든 한계에 갇히고 맙니다. 그렇게 되면 아
무리 고군분투하더라도 더 이상 의식의 확장이 불가능해지는 상
황에 놓이게 됩니다. 동물교감 수련 과정에서 일종의 마장(魔障)
에 부딪혔다고 할 수 있습니다.

사이킥 리딩은 에너지 에센스를 사용하여 정보를 읽어오는 것으
로 시작합니다. 이름, 사진, 목소리 등 리딩 대상을 나타낼 수 있
는 것을 에너지 에센스라고 하는데, 내담자의 에너지 에센스를

---

4) 생명체의 심리적이거나 육체적인 활동으로 인한 보이지 않는 에너지인 오라(Aura)를 읽는 기법이다.
5) 차크라(Chakra)는 산스크리트어로 '바퀴'를 뜻하는데 정신과 육체의 기능이 상호작용을 함으로써 나타나
는 에너지의 소용돌이를 읽는 기법이다. 인간의 신체에는 약 8만 8,000개의 차크라가 있는 것으로 추정되지
만 고전적으로는 회음부의 제1차크라, 천골의 제2차크라, 배꼽 부근의 제3차크라, 가슴의 제4차크라, 목의 제5
차크라, 미간의 제6차크라, 정수리의 제7차크라가 일곱 부위의 영적 에너지를 다룬다.
6) 사이코메트리(Psychometry)는 그리스어의 혼(Psyche)과 측정(Metron)의 합성어로 물건의 혼을 측정하여
해석하는 능력을 일컫는다. 어떤 물건에 접촉하거나 제6차크라가 있는 미간에 갖다 댐으로써 그와 관련한 역
사 또는 사실을 읽어오는 기법이다.
7) 통찰력, 예지력, 투시력 등을 일컫는다. 감각의 확장이라 할 수 있는 클레어보이언스(Clairvoyance) 능력이 있
는 사람들은 일반적인 수준에서 오감으로 인지하기 힘든 것들을 보거나 듣는 방식으로 세상을 인식하기도 한다.

획득하면 리딩을 진행하는 사람은 해당 에센스를 자신의 정신적 공간에 풀어 투사하는 작업을 합니다. 모든 사이킥이 동일한 과정을 거쳐 진행됩니다.

동물교감에서라면 동물이 우리와 실제로 근접해 있어도 되지만 더 보편적으로 사용되는 방법은 에너지 에센스를 이용하는 것입니다. 교감에서의 에너지 에센스는 무엇이 될 수 있을까요? 보통 반려동물의 가족에게 동물의 사진과 이름, 성별, 나이 등의 기본 정보를 요청합니다. 사진만으로도 교감을 진행할 수 있다고 하면, 어떻게 사진과 대화를 할 수 있느냐고 반문하기도 합니다. 그러나 이는 우리가 연결 의도를 가지기 위해 필요한 에너지 에센스일 뿐 사진과 대화를 하는 것은 아닙니다. 만약 사진이 없다면 가족이 기억하고 있는 동물을 직접 그린 것으로도 가능합니다. 그것이 강아지인지 고양이인지 알아볼 수 없을 정도의 그림 실력이라도 거기에는 가족과 연결된 동물의 에너지가 충분히 담기기 때문에 가능한 것입니다.

그 에너지 에센스에 연결해서 동물이 평소에 느끼고 있었던 감정이나 욕구, 상태 등을 읽어오게 됩니다. 일방적인 리딩도 가능하겠지만 동물이라는 생명체와 연결하는 것이기 때문에 대화의 형태로 진행하는 것이 일반적인 방식입니다. 처음에는 단순한 질문으로 시작해서 더욱 세세한 질문과 답변으로 확장하기까지는 어느 정도 수련 기간이 필요합니다.

사람은 기본적으로 우리 몸의 다섯 가지 감각 즉 시각, 청각, 후각, 미각, 촉각을 이용해 세상을 인식합니다. 그중 가장 의존도가 높은 것은 시각입니다. 자신의 시각 인식에 대한 확신을 표현하는 방법으로 "내 두 눈으로 똑똑히 봤다"라고 말하기도 합니다. 어떤 물증보다 확고하고 신뢰할 만한 정보라고 여기는 겁니다.

그러나 물질세계의 진실이란 사실 불안정한 정보에 지나지 않습니다. 그럼에도 우리는 오감에 의존할 수밖에 없으며 여러 가지 오해와 마찰, 문제들을 만들면서 그 속에서 살아가고 있습니다. 하물며 눈에 보이지 않는 진실이야 오죽할까 싶겠지만, 저는 경험상 사람마다 모두 다른 이해가 있을 수 있는 오감보다는 그것을 초월한 감각이 진실이거나 진실에 가까운 견고한 정보라고 믿는 편입니다. 이렇게 감각을 초월해 지각하는 능력을 ESP(Extra Sensory Perception)라고 부릅니다.

ESP 능력이 뛰어난 사람을 가끔 주변에서 볼 수 있습니다. 동물교감에 있어서도 타고난 능력이 필요하다고 한다면, 그 요소는 ESP라고 할 수 있습니다. 시작점에서 유리한 고지를 선점했다고 볼 수 있지요. 그러나 그들이 반드시 동물교감에 탁월한 능력

을 보이는 것은 아닙니다. 한두 차례의 경험만으로는 알 수 없는 교감 세계에 대한 폭넓은 이해는 기본 능력만으로 빚어지는 것이 아니기 때문입니다. 자각하고 있는 실력이 다소 부족하다고 느낄지 몰라도 우리는 모두 무한대의 우주를 구성하는 각각의 소우주로서 잠재력을 품고 있습니다. 이 때문에 순수한 열망과 꾸준한 수련으로 자기 안의 잠재력을 키워낸 사람이 훨씬 더 안정적인 교감을 하게 됩니다. 동물교감에 대해 막연한 환상만 품지 않고 현실적인 공부를 이어간다면 교감을 포함한 다양한 초차원의 분야에도 쉽게 다가갈 수 있을 것입니다.

아쉽게도 우리가 공부하고자 하는 동물교감에는 체계화된 개론서나 정립된 이론이 없습니다. 개별적인 경험에 따라 주장하는 내용이 조금씩 다르기 때문입니다. 심지어는 각자의 경험치 안에서 섣불리 결론을 내리고, 자신만이 옳고 그 외에는 진실하지 않은 것으로 단정 짓는 경향도 있습니다. 저 또한 경험치 안에서 배우고 깨달은 것들로 여러분을 안내하고 있습니다. 하지만 이것만이 진실이라고 얘기하지는 않습니다. 모든 가능성을 열어두고 더 큰 진실로 향하는 하나의 길이라고 여겨주기 바랍니다.

리모트 뷰잉에서 이해할 수 있는 것들

앞서 동물교감에 대한 이해를 돕는 개념으로 아카식 레코드와 에너지 에센스, 사이킥 리딩에 대해 설명했습니다. 이는 동물교감이 어떻게 작동되는지를 이해하는 데 아주 중요한 요소입니다. 이 개념들에 대한 이해가 끝나고 대상과 연결까지 되었다면 이제 어떻게 정보를 읽어오고 어떻게 기록할 것인가에 대한 문제가 남게 되겠지요. 여기서는 사이킥 기예들 중 가장 체계화되어 있는 리모트 뷰잉(Remote Viewing)으로부터 도움을 받아 보겠습니다.

리모트 뷰잉은 미국에서 태동한 원격 투시 프로토콜입니다. 냉전 시대의 미국과 구소련 대립 구도에서 만들어진 기법인데, 공간에 구애받지 않고 특정한 사건 등에 대한 정보를 가져오는 게 목적이었습니다. 여기서는 리모트 뷰잉 진행 프로토콜에서 배울 수 있는, 동물교감을 이해하고 진행하는 데에도 유용한 내용을 세 가지만 간추려 보겠습니다.

리모트 뷰잉에서는 읽고자 하는 주제 또는 질문을 타깃 넘버 (TRN)에 입력하는 작업을 합니다. 타깃 넘버는 임의의 숫자들로 구성하게 되는데, 숫자에는 해당 작업에서 가져와야 할 정보 또는 질문을 담습니다. 그리고 해당 세션을 진행하는 리모트 뷰어 (Remote Viewer)에게 그 숫자를 알려줍니다. 여기에서 중요한 것은 타깃 넘버에 질문을 담을 때 어떤 특별한 작업을 하는 게 아니라 그 둘을 동일시한다는 '의도'만 있으면 된다는 것입니다. 단순히 '생각'만 했을 뿐인데 의도로 인해 '그 순간' '그 타깃 넘버'에 '그 질문'이 담기게 됩니다. 그럼으로써 리모트 뷰어는 질문을 구체적으로 모르더라도 그 숫자에 접속해서 정보를 가져오게 된다는 것입니다. 숫자라는, 아무런 선입견 없이 무미건조한 가상의 에너지 에센스가 만들어졌다고 볼 수 있습니다.

여기서 알 수 있는 것은 단순한 의도만으로도 충분히 정보 획득이 가능한 에너지가 만들어질 수 있다는 것입니다. 동물교감에 적용하자면, 동물에게 어떤 질문을 던질 때 그 질문을 어떻게 전달할까, 과연 그 질문이 대상에게 가 닿을 수 있을까 염려하지 않아도 된다는 뜻입니다. 특별한 작업을 하지 않고 가벼운 생각과 의도만으로도 연결이 가능하다는 얘기입니다.

두 번째로 중요한 것은, 진행 초반에 다소 거칠게나마 오감으로 인식할 수 있는 정보들을 메모하는 과정이 있는데 색, 소재, 온도, 맛, 소리, 냄새로 나누어 타깃 넘버로부터 오는 정보를 각각 기입합니다. 여기서 소재와 온도는 촉각에 해당하는 정보이고 나머지는 그 외의 오감이 되겠지요.

이때 중요한 것은 정보의 인식 후에 메모를 하는 것이 아니고 일단 받아 적은 후 세션이 모두 종료되었을 때 인식하는 것으로 순서를 바꾸어야 하는 것입니다. 예를 들면, 색깔을 적어야 하는 순서에서 빨강이 인식되어 빨강이라고 적는 것이 아니라 종이에 적히는 글씨가 '빨강'이라는 것을 보고 난 후에 대상으로부터 오는 정보가 '빨강'이라는 것을 인식한다는 것입니다. 물론 종이에 써 내려가는 사람은 리모트 뷰어 당사자입니다.

그런데 어떻게 인식 없이 정보를 적을 수 있는지, 도대체 무얼 적으라는 말인지 이해가 어렵습니다. 초보자들이 가장 어려워하는 과정이기도 합니다. 우리는 항상 인식 후에 말이나 행동으로 표현을 해왔지 나도 모르게 말이 먼저 나오고 그 뒤에 인식을 하는 것이 아니었기 때문입니다.

처음에는 익숙하지 않지만 연습을 통해 어느 정도 방법을 터득하고 나면 신뢰도가 높아지는 결과를 얻을 수 있습니다. 그 이유는 간단합니다. 우리의 머릿속 사념이 개입되지 않은, 내가 만들어내지 않은 순수한 정보일 가능성이 높기 때문입니다.

마지막으로 중요한 것은, 세션을 진행할 때는 처음부터 끝까지 펜을 멈추지 않는 것입니다. 펜을 멈추면 사념 작용이 일어날 수 있고, 그 정보는 매우 빠른 속도로 오염될 수 있기 때문입니다. 세션 진행자는 당연히 정보의 순수성을 바라겠지만 바람과는 달리 경험 속에 자리한 무수한 데이터들은 서로가 유의미한 정보라고 자처하며 뒤섞여 터져 나옵니다. 매번 꼭 그렇다고 얘기할 수는 없지만 대체로 그런 경향이 있기 때문에 어느 정도 숙련이 되기 전까지는 이런 규칙들을 지키는 것이 안전합니다.

다시 정리해보자면, 리모트 뷰잉에서의 기본이자 다른 사이킥 리딩에서도 적용될 수 있는 사항은, 우리의 의도로 대상과 연결이 가능하며 연결 후에 그로부터 오는 정보를 받아 적을 때는 우리의 생각식(識)을 배제하고 펜의 움직임을 따라가는 것이 좋다는 것입니다. 이 연습이 편하고 자유로워지면 아카식 레코드의 어떤 정보에라도 접근이 가능하고, 필요한 것을 취할 수 있다는 장점이 있습니다. 다만 이러한 속도전으로 진행하면 정제되지 않은 다소 거친 정보로 채워질 가능성이 높고 장시간 하기 힘들다는 단점도 있습니다.

동물교감에도 마찬가지로 적용될 수 있습니다. 어느 정도 몸과 마음을 이완한 뒤에 동물의 에너지 에센스를 통해 그와 연결한 후 의도대로 대화를 이끌어가며 그 내용을 메모하는 것이 좋습니다. 그때 지각된 내용을 메모하지 않으면 나중에 도저히 기억나지 않는 사태가 발생할 수도 있습니다. 마치 꿈을 꿀 때는 선명하다고 느끼지만 잠에서 깨고 나면 설명조차 힘들 정도로 흐릿한 기억만 듬성듬성 남게 되는 것과 같은 이치라고 보면 될 것입니다.

동물과 교감하는 자신의 모습을 상상한다면, 사랑하는 동물과 연결해 따뜻한 대화를 주고받듯 나른하고도 아름다운 그림이 그려질 것입니다. 그런데 낯설고 기계적인 단어들을 끌어다 설명하니 왠지 거북하게 느껴질 수도 있을 테지요. 하지만 중요한 것은 아름다운 환상만 끌어안은 채 꿈을 꾸는 것보다, 실질적인 이해를 통해 동물교감의 세계를 걷는 것입니다. 여러분은 동물교감이라는 새로운 세상의 문을 열고 그곳을 탐험해보고 싶은 사람들이니까요. 그렇다면 단연코 초보자에게 유리한 방법은, 거칠지만 위와 같은 과정이라고 할 수 있습니다. 이 과정이 익숙해진 후에는 좀 더 여유가 생길 것입니다.

그때는 우리가 꿈꾸던 로맨틱한 방법이 시도될 수도 있습니다.

이완하여 천천히 대화하고 정보를 읽어나가는 것. 이 방법은 시간이 아무리 길어져도 그다지 피로하지 않습니다. 깊은 명상 상태지만 마치 원하는 꿈을 꾸고 있는 듯 마음이 평화롭기도 합니다. 원하는 주제로 대화를 이끌어갈 수도 있고, 대화 속에 온전히 젖어 있는 그 상태는 어쩌면 여러분이 얼른 경험해보고 싶은 동물교감의 높은 수준으로 보이기도 합니다. 이 정도 안정적인 상태의 동물교감을 위해서는 얼마간 다양한 감각을 익히는 시간이 필요합니다. 눈앞에 있는 환상을 붙잡으려 오래도록 고전악투를 벌이느냐, 당분간만 외롭고 힘든 수련을 하느냐 두 갈래 길에서 선택이 나뉠 것입니다.

다른 리딩과 동물교감의 공통점과 차이점

여타 사이킥 기예의 종류와 그중 체계화가 잘 된 리모트 뷰잉에 대해 설명해보았습니다. 이런 원론적인 내용이 필요한 이유는, 실제 연습 상황에서 우왕좌왕 헤매지 않고 순탄하게 항해할 수 있도록 하는 기본 지식이 돼 주기 때문입니다. 바다로 나가고 싶다면 배를 타야 하고, 그러려면 배에 대해 어느 정도 알아야 합니다. 그래야 파도를 만나도 적절히 대처하면서 순항할 수 있기 때문입니다. 바다에 나가고 싶다는 욕구에만 매달리면 안 된다는 것입니다.

다른 리딩과 동물교감의 공통점이라면, 우리 신체의 오감으로는 인식되지 않는 세계를 특정한 방법 또는 수련을 통해 인식하고 궁극적으로는 삶의 이치를 깨닫는 것입니다. 이는 모든 학문의

끝이라고도 말할 수 있습니다. 동물교감을 예로 들자면, 일차적으로는 우리가 알고자 하는 정보를 얻는 것이지만 궁극적으로는 그 정보를 통해 우리와 그들이 사랑으로 연결되었음을 깨닫는 것이 중요합니다. 그 이치까지 가게 되면 우리 생명을 포함한 모든 사물의 근본을 이루는 작용 법칙을 알게 됩니다.

한쪽 양자에 변화가 일어나면 즉각적으로 다른 양자에도 같은 변화가 나타난다는 비국소성(Nonlocality)이라는 개념이 있습니다. 시간차도 없고, 인간이 측정할 수 없을 정도의 물리적인 거리가 존재하더라도 동시에 반응한다는 것이죠. 시간과 공간을 초월하며 시공간의 개념 자체가 존재하지 않습니다. 그러니 물리적으로 떨어져 있어도 떨어진 것이 아니라고 말할 수 있겠지요.

우주에 있는 모든 물질은 계속 진동하며 파동 에너지를 만들어 냅니다. 이 파동은 우주 공간으로 퍼져나가며 다른 파동을 만나 상호 간섭무늬를 일으키고, 이렇게 변형된 일부의 파동은 원래의 파동을 일으킨 물질로 되돌아가 영향을 미칩니다. 우주 공간은 이런 파동과 정보로 가득 차 있습니다. 앞서 설명한 아카식 레코드의 개념과 같이 이해하면 좋겠습니다. 세상에 존재하는 모든 것에서 시작된 이 파동은 서로 영향을 줄 뿐만 아니라 저장된 정보의 파동과도 공명을 일으킵니다. 지금 이 순간 우리의 몸과 마음 또한 이런 방식으로 외부 세계와 교류하고 있습니다. 반려동물 역시 이런 파동 속에서 우리와 하나로 연결되어 있습니다. 더 크게는 우리가 모두 하나의 존재라는 결론에 이르게 됩니다. 이는 곧 동물교감에 접목할 수 있는 레이키 힐링(Reiki Healing)이라는 원격 치유의 원리가 됩니다.

우리는 각자의 생각과 영(靈)의 에너지로 세상을 판단합니다. 세상은 있는 그대로가 아니라 내가 어떤 눈으로 보느냐에 따라 모습을 달리합니다. 수많은 관념을 놓는 순간 참모습이 드러나게 되죠. 하지만 우리의 생각이 정묘(淨妙)하지 못하기 때문에 착각을 하고 살아갑니다.

우리가 어떤 생각을 유지하고 살아갈 수 있는가, 얼마나 의식이 청정한가에 따라 우리가 읽고자 하는 세상의 모습도 달라질 수 있습니다. 환상이 환상임을 알지 못한다면 그것을 참모습이라 착각할 수 있습니다. 관찰자인 '나'가 어떤 상태인가 하는 것이 가장 중요합니다. 결국에는 나의 상태에 대한 사유만 남게 됩니다.

강의에서 제가 항상 강조하는 핵심은, 이론과 스킬을 익히고 연마하는 데 급급할 것이 아니라 수행자의 마음가짐으로 자신의 몸과 마음을 먼저 건강하게 유지하는 것이 더욱 중요하다는 것입니다. 각자의 수준이 넓고 높아져야 더 큰 세상을 볼 수 있습니다.

우리는 반려동물의 성격이나 취향, 기호만 판단하고 말 사람들이 아니라는 데에 초점을 맞추어야 합니다.

다른 상담이 대부분 '인간' 문제에 접근해 있다면, 동물교감은 대상이 '동물'이라는 점에서 큰 차이가 있습니다. 동물교감 상담을 의뢰하는 의도가 본인의 마음을 편하게 하고자 하는 경우도 많지만, 그런 경우에도 일차적인 연결 대상은 동물입니다. 인간관계와 인간의 문제에 비해 동물의 세계는 그렇게 복잡하지는 않아 보이지만, 어쩌면 그것도 우리가 알고자 하는 것 자체가 그만큼 한계가 있기 때문이 아닐까 생각됩니다.

그리고 일방적인 리딩이 아니라 대화 형태로 주고받으며 내용을 확장시켜 나갈 수 있다는 것도 큰 차이점이라 볼 수 있습니다. 이는 동물교감 수련을 시작하는 초보자들이 어려워하는 부분이기도 합니다. 간단하게 묻고 답변을 받는 것도 어려운데 거기에서 묻고 또 묻고, 가족들이 질문하지 않은 것까지 더 물어봐 주는 과정으로까지 넓어지면 생각보다 소요 시간이 길어지기도 합니다. 그렇더라도 동물교감을 전문적으로 진행하는 사람이라면 대화 하나하나에 최선을 다하는 것이 중요합니다. 본인에게는 수많은 대화 중 하나에 지나지 않더라도 의뢰인은 평생에 한 번 반려동물과의 소통의 기회일 수도 있기 때문입니다.

대화를 확장하는 것이 버겁다고 느낄 때는, 그 대상이 나의 반려동물이라고 생각해보세요. 마음이 달라질 것입니다. 단 한 번만 만날 수 있고, 그때 모든 것을 묻고 못다 한 얘기를 들려주어야 한다면 서둘러 대화를 끝내지 못할 것입니다. 동물을 사랑하는 사람으로서, 모든 교감은 사랑이 전제되어야 합니다. '사랑'으로 바라본 대상은 '사랑' 자체로 존재하기 때문입니다.

동물교감에 대한 다른 의견들

해외나 국내에서 직업적으로 동물교감 활동을 하는 사람들의 의견은 개인에 따라 조금씩 다릅니다. 각자 볼 수 있는 눈이 다르기 때문입니다. 여기서 말하는 '눈'은 앞의 설명을 잘 이해했다면 쉽게 수긍이 되리라 생각합니다. 육안(肉眼), 천안(天眼), 혜안(慧眼), 법안(法眼), 불안(佛眼)이 어느 정도 열려 있느냐에 따라 관찰의 영역과 인지하는 것이 달라질 수밖에 없습니다.

'장미'에 접속하기 위해서는 먼저 장미를 알아야 합니다. 붉은색을 모를 때는 제대로 볼 수가 없습니다. 또한 장미의 향기와 촉감에 대해 알지 못한다면 정보가 오더라도 인식하기 어렵고, 인식이 힘들어지면 설명할 방법이 없습니다. 내담자에게 통찰을 줄 수 없는 상담은 단순한 흥밋거리 이상이 될 수 없으며 별 의미도

없습니다. 그렇다 하더라도 여러분은 다양한 경험자들의 이야기에 관심이 많을 것이기 때문에 유의미하다고 생각되는 몇 가지를 소개할까 합니다.

그에 앞서 우선 동물교감의 방법을 간단히 얘기하겠습니다. 편안한 상태에서 동물에게 연결한다는 의도를 갖고 질문을 떠올리면 그 질문에 해당하는 답변이 우리의 오감 또는 초감각으로 인지됩니다. 몇 줄 안 되는 이 내용이 전부라고도 할 수 있지만, 이에 대해 다양한 방식으로 설명을 할 것이니 너무 막연하게 느끼지 않기를 바랍니다.

동물교감은 '대화'처럼 주고받는 식으로 내용이 확장될 수 있다고도 했습니다. 그런데 동물과의 대화는 사실상 그를 관장하고 있는 천사와의 대화라는 의견이 있습니다. 우리나라에도 번역 소개된 『지중해의 성자 다스칼로스』[8]에 나오는 내용입니다.

이 책을 접할 당시 저는 동물교감에 대해 새롭게 익혀가는 중이었습니다. 그리고 TV를 통해 애니멀 커뮤니케이터와 동물이 말로써 직접 소통하지는 않지만 무언가를 주고받고 있다는 느낌은 확실했습니다. 그러한 소통이 없었다면 동물이 오해를 풀고, 마

---

8) 『지중해의 성자 다스칼로스』(전3권. 키리아코스 C. 마르키데스 지음 | 이균형·김효선 옮김 | 정신세계사)

음을 열고, 행동까지 변하는 드라마틱한 과정을 보여줄 수는 없을 것이기 때문이지요. 그런데 동물에게 연결한 것이 아니라 그를 관장하고 있는 천사와 대화를 한 것이라면, 동물교감은 믿기 힘든 허망한 것처럼 보이기 쉽습니다. 그런 한편 새로운 의문이 들기도 합니다. 천사가 있다고? 천사는 동화나 성경에만 나오는 얘기인 줄 알았는데 정말 천사가 존재하는가? 더구나 동물의 수호신 같은 천사가 우리와 대화를 한다고?

다스칼로스라는 실존했던 신유가(新儒家)의 이야기를 읽으며 다른 부분은 다 수긍이 되었지만, 특별히 관심이 많았던 동물교감에 대한 의견에서는 다소 혼란스러웠습니다. 어떤 대상에 대한 신뢰가 완벽하지 않은 상태에서 그 대상을 검증하려고 할 때는 모든 면에서 진실함을 볼 수 있어야 합니다. 그렇지 않고 한 마디라도 거짓됨이 있을 때는 전체 신뢰도에 문제가 생기게 되고, 어쩌면 전에 믿었던 다른 부분까지 거짓일 수 있다는 의혹에 사로잡히기 때문입니다. 저에게는 다스칼로스의 얘기가 바로 그랬습니다. 하지만 당시에는 동물교감에 대해 거의 문외한이었기 때문에 유일한 의문점으로 남겨두기로 했습니다.

이후 동물교감을 더 공부하고 경험을 쌓다 보니 문득 다스칼로스가 얘기했던 그 느낌에 맞닥뜨려지는 상황이 발생하더군요. 그렇다고 동물교감을 하던 중에 '지금 나와 대화를 주고받는 당신은 천사인가요?'라는 질문은 하지 않았습니다. 미묘하지만 그런 느낌을 받은 것이 전부입니다. 그 이후에도 몇 차례 더 비슷한 느낌이 강하게 들었습니다. 그러나 대상이 동물인지 그를 관장하는 천사인지 구분하는 것이 사실상 큰 의미가 없을 것이라는 생각도 들었습니다. 이에 대해 결론을 얘기하는 것은 무리이고, 저 또한 지금은 어쩌면 그럴 수도 있다는 정도의 생각을 하고 있는 게 전부입니다.

다음은 조금 다른 얘기입니다. 영화를 보면 마치 사람이 말하듯 고양이에게 목소리가 입혀져 주인공과 대화하는 장면도 있고, 수족관의 물고기가 입을 뻐끔거리는데 지나는 사람의 귀에는 말소리처럼 들리는 장면도 있습니다. 영화적인 재미 요소라고도 할 수 있겠습니다. 그래서 동물교감을 처음 시작하는 사람들이 이런 환상을 갖는 경우가 아주 많습니다.

제 경험을 얘기해 보겠습니다. 아주 어렸을 적 시골에 살고 있을 때였지요. 열 살 정도 되었을 무렵인데, 그때는 요즘처럼 방과 후에 학원을 다니지도 않았고 스마트폰을 만지작거릴 일도 없었습니다. 너무도 나른한 봄날, 학교 끝나고 집에 오니 아무도 없고 할 일도 없고 즐길 거리도 없었습니다. 바로 앞이 큰집이었는데 사촌언니라도 볼까 하고 갔지만 역시 아무도 없었습니다. 사방이 조용해서 심심했던 저는 토방 마루에 앉아 봄날 오후의 햇살을 가득 받고 있었지요. 그때 큰집에서 키우던 백구가 저에게 다가왔습니다. 무심결에 백구를 쓰다듬었는데 그 순간 "내가 네 할아버지다!"라는 음성이 또렷이 들려왔습니다. 할아버지는 제가 태어날 무렵 돌아가셨다고 들었는데 난데없이 백구에게서 이런 목소리가 들리니 당황스러우면서도 놀라웠습니다. 그때 다시 한번 그 음성이 들렸습니다. "내가 네 할아버지다!"

당시로서는 개념도 잡히지 않았었지만 저는 그 순간 윤회와 환생을 감지했던 것 같습니다. 우리가 알지 못하는 진짜 세계가 있을 텐데 대부분의 사람은 그것을 믿지 못할 것이라는 생각, 잘 알지는 못하지만 동물이라 하더라도 저마다의 얘기가 있고 우리가 준비되어 있다면 그 소리를 들을 수 있을 것이라는 믿음까지…. 훗날에는 이런 식으로 생각이 정리되었습니다.

백구는 이후 어떻게 되었는지 기억나지 않습니다. 어쩌면 동네 사람들에게 잡아 먹혔을지도 모릅니다. 이 문제 또한 생명 하나하나에 얼마나 큰 의미가 숨어 있는지, 왜 우리는 아무것도 알지 못한 채 생명을 그렇게 대하는 것인지, 생명을 통해 무엇을 보고 어떤 마음으로 어떤 말과 행동을 하며 살아야 하는지, 제 삶의 중

요한 가치로 자리 잡게 된 경험이었습니다.

그런데 실제로 제가 동물교감을 하겠다고 관심을 가진 이후에는 어릴 적 그 경험으로부터 자유롭지 못한 채 머릿속에 물음표만 가득 담고 헤매기도 했습니다. 어린 시절처럼 정말 리얼한 느낌은 어디서도 찾을 수가 없었고 대부분은 아련한 꿈처럼, 꿈에서 본 장면처럼 흐릿하거나 설명하기도 애매한 느낌들이 많았으니까요. 이는 저 혼자만의 고민은 아니었습니다. 그럼에도 교감으로부터 주고받은 정확한 정보 데이터가 쌓이게 되자 동물교감은 대체로 우리의 환상처럼 그렇게 진행되지 않는다는 것을 알았습니다. 대부분의 애니멀 커뮤니케이터는, 바로 앞에 있는 사물을 보듯이 또는 우리 귀에 직접 그 소리가 들려오듯이 교감이 된다고 얘기하지 않습니다. 그런데 해외에서 활동하는 어떤 애니멀 커뮤니케이터는 제가 어릴 적에 경험한 것처럼, 영화 속 한 장면처럼, 자신에게 있어서의 동물교감은 그런 식으로 진행된다고 합니다. 제가 알기로는 이런 리얼한 방식의 동물교감을 유일하게 주장하는 사람입니다.

모든 동물교감이 그렇게 된다면 우리는 의심의 여지 없이 동물교감에 대해 좀 더 쉽게 설명할 수 있을 것입니다. 그러나 제가 알고 있는 한 대부분은 실제 경험처럼 오감을 통해 직접적으로 인식되지 않습니다. 다만 조금 더 선명한 것 같은 느낌, 확실한 것 같은 느낌, 강한 감정의 느낌 등으로 이해가 됩니다. 그렇더라도 그 사람의 주장이 거짓이라고 생각하지는 않습니다. 저 역시 딱 한 번뿐이었지만 너무도 생생한 경험을 했고, 사람마다 인식의 방법이나 강도는 모두 다를 수 있다고 보기 때문입니다.

3
명 상

명상은 중요한가?

동물교감을 얘기할 때 빼놓지 않고 따라오는 단어가 바로 명상입니다. 단지 동물교감만 알고 싶을 뿐인데 이것저것 다루는 것이 많아 생각보다 어렵다고 느껴질 수도 있을 것입니다. 명상은 해본 적도 없고 명상을 하려고만 하면 오만 잡념이 다 떠올라 머리가 더 아프다는 사람도 많습니다. 도를 닦을 것도 아닌데 왜 그런 지루한 과정을 거쳐야 할까요? 답을 먼저 얘기하자면, 명상이 필수는 아닙니다. 하지만 명상은 동물교감에서 유리한 기본 조건이 될 수 있습니다.

제가 어릴 적, 아무것도 준비되지 않은 상황에서 동물의 목소리를 들었을 때도 의도된 상황은 아니었지만 명상에 가까운 이완된 상태였던 것은 틀림없습니다. 이완된 상태라고 해서 난데없이 원치도 않는데 동물과 연결되거나 하는 일은 거의 없습니다. 동물이라는 대상과 연결해 그의 마음을 듣고 싶다는 의도를 갖고 있기 때문에 그 의도만 바로 내면 됩니다. 의도가 명확하다면 그에 따른 결과가 나올 것입니다.

앞서 언급했던 동물교감의 과정을 다시 한번 살펴보겠습니다. 편안한 상태에서 동물에게 연결한다는 의도를 갖고 질문을 떠올리면 그 질문에 해당하는 답변이 우리의 오감 또는 초감각으로 인지된다고 했습니다. 우리는, 동물이라는 대상과 연결을 하고자 할 때 에너지 에센스가 필요하다는 것, 교감에서의 에너지는 동물을 직접 만나도 좋고 사진이나 이름, 성별, 나이 같은 정보가 될 수도 있다는 것, 세상에 존재하는 무수한 파동과 정보에는 동물의 마음도 포함된다는 것, 우리의 의도는 그 파동과 공명하여 질문에 상응하는 답변을 받아올 수 있다는 것까지 배웠습니다. 여기서 한 가지 빠진 것이 있다면 '편안한 상태'입니다. 즉 명상을 통해 교감에 적합한 상태를 다지는 일입니다. 사실 세팅은 가장 먼저 이루어져야 할 조건이기는 하지만 필수 사항은 아니기 때문에 편하게 이해하면 좋겠습니다.

인간은 대체로 긴장된 상태에서 세상을 살아갑니다. 물질세계의 일을 처리하느라 바쁘게들 움직이죠. 바쁜 게 좋은 것이라는 말을 인사처럼 주고받습니다. 제 생각은 좀 다릅니다. 바쁘면 관찰을 할 수 없습니다. 관찰이 없으면 깨달음이 없고, 바쁜 채로 떠밀려 지내다 보면 어느 순간 중요한 것들을 다 놓치고 살았다는 후회감이 들기도 합니다. 그때 명상은, 긴장된 상태로부터 잠시나마 우리의 몸과 마음을 휴식하게 하며 영혼에도 촉촉한 봄비가 되어 줄 수 있습니다. 명상은 우리 삶의 궁극이 될 수도 있겠지만 동물교감에서는 '필요 조건' 중의 하나로 그 역할을 조금 축소해서 받아들여도 괜찮습니다.

1952년 독일의 물리학자 슈만은 지구공명주파수를 발견했습니다. 당시 지구의 주파수는 약 7.83헤르츠였는데, 지구를 둘러싸고 있는 지표면과 전리층 사이의 대기 공간이 도파관의 역할을 하여 지구에서 발생하는 전자기파를 공간에 가둠으로써 그 안에 사는 생명체가 공명하게 된다는 것입니다. 이는 인간을 포함한 다른 생명체 모두가 지구의 품안에서 가장 편안함을 느낄 수 있는 주파수라고 합니다. 지구와 태양계, 더 넓게는 우주 만물이 교감하는 에너지라고도 얘기할 수 있습니다. 명상을 하면서 마음이 편안해지면 우리의 뇌파 역시 이 공명주파수와 일치하는 상태로 만들 수 있습니다.

우리들 대부분은 늘 마음이 어지럽습니다. 그래서 명상센터나 참

선에 관심을 갖기도 합니다. 수행에 완벽한 환경이라면 청정한 공기와 조용한 분위기 등을 들 수 있겠지요. 번잡한 속세로부터 멀어져 깊은 산사(山寺)에서 수행할 수 있다면 금상첨화일 것입니다. 맑은 물과 아름다운 새소리, 코끝으로 스며드는 풀과 나무의 향기에 마음이 안정될 수 있을 것입니다. 그러나 완벽한 환경에서 만족스러운 명상 시간을 보내고 왔다 하더라도 다시 속세로 들어서는 순간 마음이 더 어지러워진다면, 저는 그런 방식의 수행을 권하고 싶지 않습니다. 오히려 각자가 생활하는 곳, 도심 한복판이든 지하철 안이든 시시때때로 마음을 들여다보며 건강한 정신으로 살아갈 수 있다면 어디서든 도를 이룰 수 있을 것입니다.

이것을 동물교감 상황에 비추어 이해해보겠습니다. 만물이 공명하고 서로 소통하는 지구의 품안에서, 아직 교감 방식에 익숙하지 않은 우리로서는 차분한 마음 상태를 갖는 것이 첫 번째 조건입니다. 그런데 동물교감을 보다 전문적으로 하고자 한다면 조금 더 척박한 환경에서 수련해 나가는 것도 나쁘지 않을 것입니다. 실제 상담 상황에서는 산속 청정한 공기에 둘러싸여 있는 것과는 다른 급한 일이 아주 많기 때문입니다. 때로는 급하게 이동할 때도, 다른 바쁜 일이 있을 때도, 심지어 내가 아플 때도 교감을 우선해야 하는 경우가 많습니다. 물론 모든 상담을 반드시 제시간에 처리해야 하는 것은 아닙니다. 본인의 체력이나 주변 상황을 고려하면서 진행할 수 있다면 좋겠지만, 동물과 가족이 겪는 일들은 전혀 예기치 않았던 순간에 상상도 할 수 없었던 아픔으로 커지기도 합니다. 그럴 때가 바로 우리의 도움이 무엇보다 필요한 순간입니다.

뇌파의 종류와 특징

명상이 동물교감에 필수요소는 아니지만 최선의 상태 또는 긍정적인 환경을 만들어줄 수 있기 때문에 저는 여러분에게 권유합니다. 이제 조금 더 구체적으로 명상과 뇌파의 관계에 대해 알아보도록 하겠습니다.

뇌파는 뇌가 활동하는 과정에서 일어나는 변화를 파악할 수 있도록 만든 지표입니다. 뇌에 있는 신경세포는 우리가 어떻게 활동하는지에 따라 파동이 달라지기 때문에 이를 통해 의식 상태와 정신 활동을 파악할 수 있습니다. 뇌의 전기 흐름이 뇌 활동 상황을 측정하는 중요한 기준이 되는 것입니다. 뇌파의 종류는 다음의 표와 같습니다.

일상적인 작업 활동을 하거나 스트레스 상황일 때 나오는 뇌파

종류		주파수(Hz)	상태
감마(Gamma)		30 이상	극도의 각성 상태
베타(Beta)	높음	21~30	흥분, 스트레스
	낮음	15~20	작업 중, 활성 상태
알파(Alpha)	높음	13~14	주의 집중, 약간의 긴장
	중간	10~12	휴식, 스트레스 해소
	낮음	8~9	명상, 무념무상
세타(Theta)		4~8	수면과 깨어있음의 중간, 통찰
델타(Delta)		0~4	깊은 수면

는 보통 베타파로 측정이 됩니다. 긴장 상황일 때 나오지만 감마 파에 비해서는 흥분 정도가 낮습니다. 눈을 뜨고 집중하는 상태 이며 구체적이고 특별한 문제를 다루고 있는 상황입니다. 여기 서 더 불안해지거나 스트레스가 커지면 높은 베타 주파수로 올라 가게 되겠지요. 스트레스를 받으면 뇌의 에너지 소비가 커지면서 작업의 효율성도 크게 떨어지게 됩니다.

동물교감에 있어 시시때때로 동물과 대화가 이루어지기는 힘들 다고 앞에서 얘기했습니다. 일상 작업 중일 때 우리의 뇌파는 보 통 베타파 정도로 유지되기 때문입니다. 인간은 대개 언어로 소 통하기 때문에 베타파 수준에 있으면서도 원활한 대화를 할 수 있지만 지구와 공명하고 있는 다른 생명체에 접속할 때는 자연의 소통 방식에 우리를 맞추어야 합니다. 그것이 바로 지구공명주파수 7.83헤르츠이며, 왼쪽의 표에서 그 영역을 찾아보면 세타파가 될 것입니다. 그런데 지금의 지구공명주파수는 11헤르츠 정도로 더 높아져 있는 상태라고 합니다. 즉, 알파파 정도가 되겠지요. 그래서 동물과 교감하고자 하는 우리에게 유의미한 뇌파는 알파파와 세타파입니다.

일상생활에서도 베타파로 유지되던 뇌파가 알파파로 떨어지기도 하는데, 작업 도중 휴식시간을 갖거나 눈을 감고 편안히 쉬고 있을 때입니다. 또는 심호흡을 몇 차례만 해도 뇌파는 편안한 알파파 상태로 진입하게 됩니다. 동물교감에서도 편안한 상태를 강조했는데, 명상은 일상에서 우리를 손쉽게 알파파나 세타파로 인도할 훌륭한 도구가 되어줍니다. 동물교감과 명상을 함께 얘기하는 경우가 많은 이유입니다.

명상이 깊어지거나 잠을 자면서 꿈을 꾸고 있을 때 발생하는 뇌파가 세타파입니다. 명상을 통해 깊은 마음의 평화 상태에 이르면 의식이 맑게 각성되고 육체적으로도 평화롭게 안정됩니다. 반수면 상태와 비슷하지만 완전히 다른 정신 상태라고 할 수 있습니다. 무의식을 의식적으로 관찰할 수 있는 특수한 상태입니다. 렘

(REM) 수면 상태에서도 세타파가 많이 나오는데, 꿈은 극단적인 은유의 요소로 가득 차 있으면서 깊은 통찰을 주기도 합니다.

반면 세타파가 일상에서도 많이 나온다면 기억력이 급속히 떨어지거나 주의집중력이 약해집니다. 뇌세포의 노화 과정이 여기에 해당합니다. 건강할 때 명상을 함으로써 진입하는 뇌파와 이름은 같지만 그 역할은 전혀 다르다고 볼 수 있습니다.

동물교감을 시작할 때 알파파였던 것이 더 깊은 집중 상태가 되면 세타파의 영역으로 넓어지기도 합니다. 다만 세타파는 수면과 깨어있음의 중간 정도의 뇌파이기 때문에 이때 인지된 내용을 기억하기 위해서는 메모를 하는 것이 중요합니다. 명상에서는 눈을 감는 경우가 많은데, 메모를 하기 위해서는 눈을 떠야 하므로 자칫 명상을 통해 정돈된 마음이 흐트러지지 않을까 우려하는 사람도 많습니다. 그렇더라도 수련을 처음 시작했다면 메모는 필수입니다. 이후 마음을 편안하게 가라앉히는 자신만의 방법이 터득되면, 좀 더 쉽게 자유자재로 뇌파를 조절할 수 있게 됩니다. 베타파에서 생활을 하다가도 알파파나 세타파로 금방 이어질 수 있게 되지요.

명상을 하기 위해 특정한 장소에 가야 하거나 아무런 방해 요소가 없는 환경을 만들거나 하지 않아도 늘 몸과 마음이 편안한 사람이라면 굳이 명상이라는 과정을 거치지 않아도 됩니다. 또는 인간 관계에서의 에고가 존재하지 않거나 모두 놓아진 상태, 예를 들면 언어를 배우기 전의 아가들이나 코마 상태의 사람들과는 우리가 배우고 있는 동물교감 방식과 비슷하게 소통이 이루어지는 경우가 많습니다. 이 지구에 우리와 함께 존재하는 동물과 연결을 하고 싶다면 우리의 마음을 지구와 공명하는 수준으로 만드는 것이 필요하지만, 우리가 평화로운 상태라면 늘 동물교감에 적합하도록 준비가 되어 있는 사람이라고 할 수 있습니다.

편한 마음, 편한 뇌파, 편한 교감

다시 한번 정리하자면, 편안한 상태에서 동물에게 연결한다는 의도를 갖고 질문을 떠올리면 그 질문에 해당하는 답변이 우리의 오감 또는 초감각으로 인지된다는 것이 동물교감의 요지입니다. 인지에 필요한 첫 번째 세팅이 명상 또는 편한 마음 상태로 시작되었고 동물의 에너지를 통해 우리의 의도와 연결했습니다. 그때 공명하는 에너지, 달리 말해 질문에 상응하는 답변을 이제 인식해야 할 차례입니다. 그 내용들은 우리가 동물을 이해하며 더욱 사랑으로 연결될 수 있도록 해주는 중요한 결과물이 될 것입니다. 이 과정에서 더 중요하거나 덜 중요한 것은 없습니다. 어느 하나라도 빠지면 동물교감이라고 할 수 없거나 불완전한 어떤 것이 되어버립니다. 그럼에도 가장 중요한 것을 꼽자면 '편안한 마음'입니다. 동물교감 상황에서도 그렇고 수련생에게도 해당되는 가장 중요한 기본 요소입니다. 너무도 흔한 표현이라 흘려듣기 쉽지만 백 번 강조해도 지나침이 없을 정도입니다. 성향적으로 편안함을 유지할 수 있다면 더할 나위 없이 좋겠지만 자꾸 강조하는 것은 그만큼 어렵기 때문입니다. 그런 우리를 방해하는 몇 가지 요소가 있습니다.

동물교감은 단단한 물체의 형태로 우리 눈앞에 드러나지 않습니다. 그래서 여전히 가능 자체에 대해 끊임없이 왈가왈부하는 분야이기도 하지요. 동물교감을 배우고자 하는 여러분의 마음속에서도 이런 부분이 늘 갈등으로 커지다 사그라지기를 반복할 것입니다. 정말 동물교감이 될까? 정말 나도 가능할까? 아무것도 느껴지지 않으면 어떡하지? 내가 느끼는 것들이 맞을까? 이런 생각들은 여러분을 편안함으로부터 멀어지게 하는 요소입니다. 긴장하게 되고 불안한 마음이 듭니다. 고요한 공간에서 정좌를 하고 있어도 머릿속에 이런 생각들이 번잡하게 피어오른다면 명상이라고 할 수 없습니다. 아무리 오랜 시간을 그렇게 앉아 있더라도 우리의 뇌파는 바쁜 주파수로만 요동치고 있을 것입니다.

또 동물교감을 하고 싶다는 강한 열망이 무리한 욕심이 되어서도 안 됩니다. 반드시 어느 누구보다 뛰어난 애니멀 커뮤니케이터가 되고 싶다는 목표 설정 정도는 가능하겠지만 매번 교감 기회 때마다 이를 상기하며 주먹을 불끈 쥔다면 자신의 속도가 지지부진했을 때 오히려 쉽게 좌절할 수 있습니다. 수련 과정은 느끼기에 따라서 매우 지루하기도 하고 의미 없는 연습을 하는 것 같은 느낌도 듭니다. 황금 같은 시간이 불필요한 연습에 낭비되고 있다고 느껴지기도 합니다. 비유하자면, 훌륭한 피아니스트가 되기 위해서는 단조로운 연습곡이라도 차근차근 연습하는 것이 중요한데, 마음만 저 멀리 쇼팽의 야상곡에 가 있다면 눈앞에 보이는 연습곡은 한없이 유치하게 보이고 자신의 실력은 초라하게 느껴질 것입니다. 매 순간 최선을 다해 즐거운 마음으로 임하는 것만큼 중요한 것이 없습니다.

슬럼프는 누구나 겪는 과정입니다. 생각보다 확실하지 않아서 뜬구름을 잡으려고 애쓰는 것 같은 느낌이 들기도 하지요. 교감에 대해 환상을 갖고 있기 때문입니다. 동물이 입을 열어 알아들을 수 있는 말로 설명해주지도 않고, 내가 받은 정보가 확실하다고 느껴지더라도 사람들과의 대화에서 다짐받듯 동물이 확인해주는 것도 어렵습니다. 여러분을 미리 좌절시킬 이유는 없지만, 동물교감은 하면 할수록 어렵게 느껴진다고도 합니다. 중요한 것을 이미 손에 쥐고 있으면서, 더 아름답고 소중한 것은 다른 곳에 있으리라 기대하고 있기 때문입니다.

우리를 방해하는 이런 요소들은 애초에 존재했던 것들이 아니라 우리 마음이 만들어낸 초조함입니다. 부정적이고 불안한 마음은 동물교감에 대해 뛰어난 스킬을 지니고 있다 하더라도 결코 긍정적인 배경이 되어주지 못합니다. 따라서 기꺼운 마음으로 동물교감을 즐기듯이 편안하게 하는 것이 최고의 비전이라 할 수 있습니다.

편한 마음이 전제된다면 이후부터는 교감을 통해 동물들의 이야기를 듣는 재미에 푹 빠질 것입니다. 거기에는 아직 저도 다 듣지 못한 신비로운 이야기가 있을 것입니다. 여러분은 동물교감을 배웠지만 이후에는 동물로부터 소중한 인연, 삶의 이치, 운명과 소명까지 배우게 될 것입니다.

명상과 그라운딩

편한 마음으로 즐겁게 동물교감 연습을 해간다는 것, 말은 쉽지만 그것을 실제 수련에 적용하다 보면 상당한 어려움을 느낄 것입니다. 그래서 짧은 시간 안에 편한 마음에 머물 수 있도록 해줄 만한 명상 하나를 소개하겠습니다.

편하게 앉아 심호흡을 몇 차례 해봅니다.
발을 마음속에 그립니다.
발의 모든 근육들이 풀어지고 있다고 상상합니다.
발목을 마음속에 그립니다.
발목의 모든 근육들이 풀어지고 있다고 상상합니다.
종아리를 마음속에 그립니다.

종아리의 모든 근육들이 풀어지고 있다고 상상합니다.

무릎과 허벅지를 마음속에 그립니다.

무릎과 허벅지의 모든 근육들이 풀어지고 있다고 상상합니다.

아랫배를 마음속에 그립니다.

아랫배의 모든 근육들이 풀어지고 있다고 상상합니다.

가슴과 등을 마음속에 그립니다.

가슴과 등의 모든 근육들이 풀어지고 있다고 상상합니다.

팔을 마음속에 그립니다.

팔의 모든 근육들이 풀어지고 있다고 상상합니다.

목을 마음속에 그립니다.

목의 모든 근육들이 풀어지고 있다고 상상합니다.

머리를 마음속에 그립니다.

머리의 모든 근육들이 풀어지고 있다고 상상합니다.

풀로 덮인 초원으로 유영해가고 있는 나를 상상합니다.

풀밭에서 풀과 흙의 냄새가 느껴집니다.

피부에 닿는 햇빛은 밝고 따사롭습니다.

햇빛 속에서 나의 모든 걱정이 증발하는 것을 상상합니다.

내 몸 가득 충전되는 햇빛을 느낍니다.

나의 인생 어느 때보다 좋은 느낌입니다.

이제 나의 몸은 빛으로 가득 차 있습니다.

나는 빛으로 존재합니다.

이 상태에서 편안한 호흡을 계속해봅니다.

명상을 특별한 무엇으로 여기게 되면 평상시보다 더 예민하고 각성된 상태를 경험하기도 합니다. 시계 초침도 더 크게 들리고, 거기에 마음이 머물기 시작하면 세상은 온통 요란한 시곗바늘 소리로 가득 차기 시작합니다. 명상을 하더라도 감각기관은 열려 있기 때문에 소음이 들리기도 하고, 맛있는 냄새도 흘러들어올 수 있고, 온갖 잡념에 머릿속이 더 복잡해지기도 합니다. 평소에는 잡념이 올라와도 잡념인 줄 모르고 살아갑니다. 그런데 명상을 할 때의 자각은 처음에는 조금 불편하지만 마음을 비우는 시작입니다. 끊임없이 자각하고 끊임없이 비우는 것이 명상을 통해 우리가 깨달아가야 할 이치입니다. 이를 호흡에 집중하며 느껴보아도 좋습니다.

명상은 심신을 이완하여 무념무상에 머묾을 목적으로 하는데 어떤 장면을 상상한다는 것 자체가 또 다른 잡념이 아닐까 걱정되기도 합니다. 그러나 완벽하게 통제하기 어렵다면 올라오는 잡념

속에서 허우적대는 것보다 어느 정도 이완된 상태에 이르기까지는 특정한 심상화를 하는 것도 좋습니다.

여기에서 그라운딩(Grounding)이라는 개념 하나를 더 설명하겠습니다. 그라운딩은 말 그대로 접지(椄地), 땅과 연결하는 것을 가리킵니다. 서 있을 때는 발바닥, 앉아 있을 때는 발바닥과 엉덩이처럼 체중이 실리는 부분이 땅, 지구와 연결되는 것을 말합니다. 신체적으로나 심리적으로 불안한 상태에서는 상체에 힘이 많이 들어가고 호흡을 얕게 만듭니다. 몸을 지구에 연결하는 그라운딩은 마음을 맡기고 내려놓고 허용하는 과정입니다. 앞의 명상법이 심신을 편안하고 가볍게 해주는 것이라면 그라운딩은 지구에 뿌리를 내림으로써 안정감을 이끌어냅니다.

숲속에서 맨발로 걸을 때 기분 좋은 느낌을 받는 이유는 땅으로부터 강력한 치유 에너지를 받기 때문입니다. 현대 사회의 지면은 아스팔트, 고무, 플라스틱 등으로 덮여 있어 지구와 신체 사이의 전자 전달이 원활하지 않습니다. 그래서 건강한 흙, 풀밭, 모래, 맨땅 위에 맨발로 서거나 걷는 것을 권장합니다. 그라운딩은 신체의 균형과 건강을 유지하는 핵심 메커니즘입니다. 우리의 몸이 제대로 기능하기 위해서는 살아있는 지구와 공명하는 시간, 지구 에너지와의 지속적인 교류가 필요합니다.

동물교감을 시작하기 전, 저 또한 명상 시간을 따로 가지곤 했는데 이때 필수적으로 심상화하는 것이 그라운딩입니다. 명상 시간은 자신의 속도에 맞게 조절할 수 있습니다. 그 내용을 소개합니다.

자리에 편하게 앉습니다.
눈을 감고 두 손바닥은 양 무릎 위에
하늘을 향해 편하게 올려놓습니다.
몸의 긴장을 풀고
천천히 몸에 불편한 곳은 없는지 체크해봅니다.
가장 편안한 상태에 내 몸을 맞춥니다.
이제 어머니 지구에 나의 몸과 마음을 연결합니다.
바닥에 맞닿은 나의 몸에서
튼튼하고 오래된 나무의 뿌리가 뻗어 나옵니다.
나의 엉덩이, 허벅지, 발바닥에서 나온 뿌리는 땅에 연결되고
땅속 깊숙한 곳으로 계속 뻗어나갑니다.
뿌리는 계속 뻗어나가 더욱 넓고 튼튼하게
지구의 가장 깊숙한 곳까지 다다릅니다.
그곳에 나의 뿌리는 단단하게 연결되고
지구로부터 신성한 에너지가 뿌리를 타고 나에게 올라옵니다.

그 에너지는 나의 몸에 다다라

나의 다리, 엉덩이, 배, 양팔과 가슴, 머리까지

몸 구석구석에 퍼집니다.

나는 지구의 에너지와 한 몸으로 존재하며

어디에도 흔들림 없이 견고하게 앉아 있습니다.

나는 어머니 지구에 감사합니다.

감사함으로 나의 몸과 마음이 충만합니다.

이 상태에서 편안한 호흡을 계속해봅니다.

어떤가요? 이제 차분하고 안정적인 느낌으로 나만의 정신적인 영역에서 동물을 만나볼 수 있을 것입니다. 선호하는 명상 음악이 있다면 잔잔하게 들으면서 진행해도 좋습니다. 형광등보다는 은은한 노란 조명이 좋을 것 같고, 촛불을 켜두면 한층 마음이 고요해질 것 같습니다. 편안한 상태가 기분 좋게 유지된다면 호흡에 집중하는 시간을 원하는 만큼 늘려도 좋습니다.

그라운딩은 교감 상황에서 예기치 않은 불편함, 예를 들면 연결하는 대상 동물이 많이 아프거나 할 때 그로부터 전해오는 통증을 흘려보내는 데에도 좋은 방법이 될 수 있습니다. 실제 수련생들의 경우, 동물에게서 오는 아픈 느낌을 받고 자신이 고생하는 사례가 간혹 있는데 이때 그라운딩만 제대로 하더라도 상당 부분 문제가 개선됩니다. 명상 전후, 교감 도중 언제라도 내 몸의 뿌리를 통해 그 불편함을 흘려보내면 지구의 에너지는 그를 정화합니다. 우리는 이 땅에 존재하는 무수한 생명 중 하나로서, 다른 숭고한 생명을 만나는 일에 정결한 마음이 됩니다.

4
동물과 대화하기

연결과 인식

동물교감이 아무 때나 자유롭게 될 수 있는 것이 아니라는 것쯤은 알았지만 생각보다 낯선 개념도 많이 나오고 익숙하지 않은 준비도 많이 해야 한다고 여겨질 겁니다. 평소 해보지 않은 것들이라 더 낯설게 느껴지는 것이지요. 여기까지 잘 따라왔다면 이제부터는 여러분이 가장 궁금해할, 동물로부터 어떻게 답변이 오는지에 대해 설명하겠습니다.

인간이 세상을 지배하고 있다는 오만함은 내려두고 지구의 품에 의지해 살아가는 한 피조물로서 겸손한 마음이 되면 좋겠습니다. 우리의 그릇은 더 커지고 거기에 담길 수 있는 동물들의 지혜는 차고 넘칠 것입니다. 그들은 우리의 초대를 기다리고 있습니다.

우리가 의도하는 대상에 연결하는 과정은 라디오 주파수를 맞추

듯 특정한 채널을 알고 찾아내는 것이 아닙니다. 우리가 가지고 있는 정보를 토대로 그 대상에게 마음을 열면 됩니다. 동물의 사진과 이름은 그와 연결된 반려인이 보내준 것입니다. 또는 우리가 그를 가족으로 생각하며 이 삶에서의 정체성을 부여한 것입니다. 따라서 비슷하게 생긴 강아지와 고양이가 무수히 많고, 흔한 이름을 가지고 있어도 그 정체성은 세상에 단 하나입니다. 우리가 인식하고 있는 그 동물은 유일하며, 전체의 거대한 생명을 구성하는 각각 또 다른 세포들입니다. 그와 연결하고자 할 때는 이 정도의 이해와 그 동물에게 연결한다는 의도만 있으면 됩니다.

그리고 편하게 기다립니다. 즉각적인 반응이 느껴질 수도 있고 시간이 좀 걸릴 수도 있습니다. 동물들은 우리보다 훨씬 더, 보이지 않는 에너지에 민감합니다. 연결되는 대상이 동물이든 그를 관장하고 있는 천사든 영적인 관점에서는 굳이 구분 짓지 않아도 무방하리라 봅니다. 우리는 따로따로 인식하지만 동일시해도 괜찮습니다.

우리의 의도로 연결된 대상에게 궁금한 것도 많고 전하고 싶은 메시지도 있습니다. 그것을 전할 때 역시 말과 행동으로 보여주는 것이 아닙니다. 단지 마음속에 그 생각을 하고 있으면 됩니다. 생각의 힘은 거대한 에너지이고 그 에너지는 시간차 없이 그 대

상에게 바로 가 닿습니다. 우리가 제대로 준비되어 있다면 그에 상응하는 답변 또한 이미 존재해 있거나 즉각적으로 흘러 들어올 것입니다.

동물로부터 오는 답변은 다양한 형태로 인식할 수 있습니다. 인간은 다섯 가지의 제한된 감각을 주로 사용하기 때문에 그 인식 체계의 범위 안에서 답변을 알게 된다고 느낍니다. 어떤 음식을 좋아하는지 물었을 때, 붉고 아삭아삭하고 시원하고 단맛이 나는 과즙이 느껴질 수도 있습니다. 그 순간 그 정보들은 우리가 개별적으로 경험했던 기억과 가장 일치하는 어떤 것을 찾아내기 시작할 것입니다. 그래서 '사과'라는 것이 우리 머릿속에 팝업이 되기도 하지요. 그 경우 사과가 맞을 수도 있고 아닐 수도 있습니다. 왜냐하면 사과에 대해 우리가 설명할 수 있는 정보들이 그게 전부는 아니니까요. 또는 사람마다 경험이 달라서 붉고 아삭아삭한 과즙은 누군가에게는 '수박'이 되기도 합니다.

이렇게 정보를 받는 과정에서 인간의 언어인 '단어'로 최종 완성하려고 할 때 순수한 정보가 오염되는 경우가 많습니다. 그것은 우리의 의도는 아니었지만 성급함이 빚어낸 결과물이지요. 한번 오염되기 시작하면 걷잡을 수 없이 문제가 커지기도 합니다. 존재하지도 않았던 에너지에 생각의 힘이 실리면, 세상은 그것이 존재할 또는 존재한다고 믿을 가능성이 1이라도 생겨버리게 됩니다. 그래서 섣불리 완성된 정보의 형태로 만들려고 애쓰지 말고 있는 그대로 인식하고 받아들이는 것이 좋습니다.

실제 사례 하나를 들어보겠습니다. 강의에 참여했던 학생이 처음 수련을 시작하면서 겪은 일입니다. 강아지가 특별히 어떤 음식을 좋아하는지에 대한 질문이었는데, 배운 방식대로 교감을 시도했을 때 온 정보는 '차갑고', '하얀', '단백질'이었습니다. 완성되지 않은 이런 깨진 정보에 당황한 학생은 차갑고 하얀 단백질이 무엇인지 고민하기 시작했습니다. 그때 머릿속에 스친 완성품은 바로 '두부'였지요. 그래서 학생은 강아지의 반려인에게 물었습니다. 혹시 강아지에게 두부를 준 적이 있는지, 강아지가 두부를 좋아하는지 확인하고 싶었던 것입니다. 그런데 가족들의 대답은 '아니오'였습니다.

차갑고 하얀 단백질이 그 학생의 경험 안에서는 '두부'에 가장 가까웠기 때문에 확실하다는 느낌이 있었을 것입니다. 그러나 다른 사람에게는 그것이 '우유'일 수도, '치즈'일 수도, '닭가슴살'일 수도 있습니다. 차갑고 하얀 단백질이 미완의 정보처럼 느껴진다 하더라도 그것을 자신만의 방식으로 조립하려는 순간 엉뚱한 사념이 생기고 이후부터는 그 사념으로부터 자유로워지기가 매우 어렵게 됩니다. 이는 한국인의 급한 성격과 빠른 두뇌 회전이 만들어낸 일반적인 패턴이기도 합니다. 따라서 처음 수련하는 사람에게 좋은 방식은, 깨진 정보들이 아닌 구체적인 결과물이 보이거나 느껴진다면 일단 배제하는 것이 좋습니다.

우호적인 연습 관계라면 반려인에게 자신이 받은 정보를 재확인하거나, 이후에는 팝업된 정보를 배제하는 식으로 자신만의 패턴을 발견해가는 것도 좋습니다. 사람마다 정보의 인식 패턴이 달라서 이렇게 팝업되는 경우 항상 오염된 정보라고 말하기는 힘들기 때문입니다. 그렇더라도 일반적으로 초반의 수련 중 생기는 이런 확실한 느낌들에 대해, 그것이 아무리 강한 느낌이라 하더라도 다양한 가능성을 열어두고 보는 것이 좋겠습니다.

이후에 그 학생은 반려인에게 '차갑고 하얀 단백질' 그대로 정보를 전달했습니다. 그러자 반려인은 "아하! 그건 어육소시지 같아요. 그게 하얀색이고, 강아지를 칭찬할 때마다 냉장고에서 꺼내주곤 하는데 그걸 아주 좋아하거든요"라고 했답니다. 대부분의 반려인은 깨진 정보라도 그것이 무엇을 의미하는지 즉각 알아차릴 수 있습니다.

사람은 대체로 시각 정보에 대한 의존도가 높습니다. 이 때문에 동물교감에서도 무언가를 '보았다'고 하는 것에 집착하는 편입니다. 색깔이나 형태 등 눈에 보이는 무언가를 느낌대로 묘사했을 때, 반려동물로부터 오는 그러한 정보를 들은 가족들은 상당히 놀라는 경향이 있습니다. 마치 그들의 삶을 우리가 꿰뚫어보는 것처럼 느끼지요. 대단한 점쟁이를 만난 것처럼 반응하기도 합니다. 그래서 시각적인 정보를 좇아 동물교감 수련의 방향을 잡는 경우도 허다합니다. 가족들만 알고 있는 특정한 사물에 대한 묘사는, 보통 사람들이 생각했을 때 아무나 할 수 있는 것이 아니기 때문입니다.

실제로 동물교감을 해보고 가르치면서 많은 수련생들을 보면 의외로 이런 결과물들이 많이 나오는 것을 알게 됩니다. 동물의 눈으로 보는 집안의 배치도, 가구의 색깔, 카펫의 무늬까지 그려지기도 하고 동물의 밥그릇 색깔과 질감까지 느껴지기도 합니다. 처음에는 배운 대로 연습하니 마치 투시가가 된 듯 교감 결과에 대해 스스로도 놀라고 만족스러워합니다. 그러면서 어느덧 대단한 능력자가 된 자신이 자랑스럽고, 더 신기한 반응을 추구하고 싶은 욕망에 사로잡히게 됩니다. 그 순간 우리는 사람들이 환호하는 실력 있는 점쟁이로 정체성이 바뀝니다. 하지만 애초에 우리가 하려고 했던 동물교감이 이런 것일까요?

우리가 보고 듣고 느끼고자 했던 것은, 반려인이 알고 싶어 하는 동물의 마음입니다. 그 과정에서 어떤 사물이 보였다면, 그를 통해 도움을 받을 수는 있겠지만 그 자체가 우리가 알고자 하는 정보의 대상은 아닙니다. 그 색깔과 질감을 가족들이 모르는 바가 아닌데도 우리는 서로가 알지 못할 것이라 전제하고 의미 없는 대화를 하는 데 몰두하게 되지요. 많은 것들이 눈앞에 있는 듯 선명하게 느껴질 것입니다. 거기에 머무르지만 말고 유의미한 것들을 끌어낼 수 있어야 합니다. 그래서 가족들에게 실질적인 도움을 줄 수 있어야 합니다.

어떤 수련생의 경우에는 다른 감각기관이 더 발달해서 '들리는' 쪽으로 초점이 맞춰질 수도 있습니다. 평소에도 청각적인 인식이 많은 편이라면 그럴 가능성이 더 높습니다. 이 경우에도 보는 감각에 맞춰진 다른 수련생을 부러워하며 자신의 정보 수신 방식을 바꾸고 싶어 합니다. 그러나 이는 고정적인 인식 패턴이라기보다는 일시적인 방법이었다고 이해하는 편이 좋을 것 같습니다. 때에 따라서는 수련의 횟수를 거듭할수록 다른 감각이 더 활발해지는 경우도 많으니까요. 또한 세상에는 보이는 것 외에 들어야 할 것도 많고 '모습'보다 '소리'가 중요한 핵심 정보도 많을 것입니다.

이외에 우리의 취향과는 다르지만 동물이 선호하는 어떤 맛이 감미롭게 느껴지기도 합니다. 가족들이 요리하고 있는 모습을 보며, 동물은 상상해내기 힘들겠지만 우리는 인간의 경험을 갖고 있기 때문에 냄새로 추정할 수 있는 어떤 음식에 대해 얘기할 수 있을 것입니다. 또 가족의 품에 안긴 포근함은 세상에서 가장 행복한 촉감으로 오기도 하지요.

한 가지 더하자면, 근거는 없지만 구체적이거나 희미한 '느낌'이 전해지기도 합니다. 우리는 동물교감에서 모든 감각과 그 감각을 초월한 느낌까지 동원합니다. 동물의 다양한 경험과 기억, 감정과 욕구, 가족들에게 하고 싶은 얘기까지 순수하게 전달받고자 하는 의도가 있다면, 그들의 메시지는 언제든 우리에게로 흘러올 것입니다.

인식과 전달

처음에는 마음과 마음이 이어진 대화가 다소 익숙하지 않은 방식처럼 여겨질 것입니다. 누가 본다면 우리가 동물과 대화를 하고 있는 것인지 가만히 앉아 있기만 하는 것인지 구분이 안 될 수도 있습니다.

인간의 언어는 같은 단어라도 아주 많은 다른 뜻을 나타내기도 하기 때문에 다양한 이해 또는 오해가 발생할 수도 있습니다. 그에 비해 동물교감은 언어 소통에 필요한 에너지 소모가 없고, 우리 삶의 궁극인 명상이라는 도구를 가까이 둘 수도 있어 긍정적인 요소가 많습니다. 동물 제국 각각의 언어를 발견할 날이 온다면 모를까 그전까지는 우리가 접근하는 이러한 방식이 최선일 것입니다. 그리고 이러한 소통은 먼 과거 어느 때에 그랬던 것처럼 훗날 언젠가 다시 자연스러운 교감 방식이 되리라 저는 믿고 있습니다. 인간과 동물뿐만 아니라 인간들 간의 교류, 인간과 식물 또는 흙과 물과 바람까지 자유롭게 교감이 이뤄질 것입니다.

동물에게서 오는 정보를 인식하는 방법은 앞에서 설명했다시피 오감과 초감각으로 수신한 내용을 잘 기억하거나 메모하는 것입니다. 동물과의 대화는 인터뷰나 취조가 아니기 때문에 동등한 피조물 간의 대화의 형태를 띨 수 있습니다. 우리 자신의 반려동물이 아니라 누군가의 요청에 의해 진행한 대화라 하더라도 말이지요.

그때 동물로부터 인식된 어떤 답변을 토대로 우리는 대화를 확장시켜 나가야 합니다. 그런데 교감에 임할 때 긴장감이 있다면 대화를 확장하는 것은 무척 어렵게 느껴지기도 합니다. 무슨 말을 해야 할지 몰라 서둘러 다음 질문으로 넘어가게 되지요. 연결이 매끄럽지 못해서 마치 인터뷰를 진행하듯 경직된 느낌과 형식적인 대화가 되고 맙니다. 대부분의 수련생의 토로가 바로 이런 것입니다.

처음 동물교감을 시작한 학생의 연습 사례 하나를 보겠습니다. 미미라는 강아지와의 대화입니다.

"미미는 뭘 할 때가 가장 행복해?"

"밖에 나가서 꽃을 볼 때가 가장 좋아요!"

"그럼 뭘 할 때가 가장 싫어?"

"목욕하는 건 정말 싫어요."

"그래. 미미가 좋아하는 것과 싫어하는 걸 엄마에게 잘 말해
줄게."

언뜻 보면 특별한 문제가 없어 보일 수도 있습니다. 반려인이 알
고 싶어 하는, 강아지의 취향이 짧은 대화에도 다 나와 있으니까
요. 그러나 교감을 진행하는 데 있어서 마음의 여유가 생기면 대
화는 훨씬 자연스럽고 풍부해집니다. 시간이 지날수록 교감을 더
편하게 이해하고 시도하고 진행할 수 있는 힘이 생기게 됩니다.
그럼에도 좀 더 적극적으로 대화를 확장하자면 진실한 공감이 우
선시되어야 합니다. 대화의 기본은 공감이며, 동물의 마음에 공
감하면 주고받는 이야기는 자연스럽고 따뜻해집니다. 직접 만나
서 얘기를 나누는 것은 아니지만, 그 동물이 세상에 단 하나의 우
리가 사랑하는 우리 자신의 반려동물이라고 생각해보십시오. 또
한 그 동물과 만날 수 있는 기회가 단 한 번이라면 쉽게 그 기회
를 저버리지 않을 것입니다. 이런 마음가짐이 전제되어 미미와

다시 만났을 때의 대화를 한번 들어보겠습니다.

"미미는 뭘 할 때가 가장 행복해?"

"밖에 나가서 꽃을 볼 때가 가장 좋아요!"

"오! 그래. 꽃을 보면 정말 행복하지. 밖에는 자주 나가는 편이니?"

"비 오는 날은 아주 잠깐 오줌만 누고 와요. 그래도 부족하지 않게 나가는 편이에요."

"산책하는 시간은 부족하지 않아?"

"엄마는 집에 들어가고 싶어 하는데, 그럴 때면 내가 더 앞질러 가요. 엄마가 끌려오다시피 하지만 그래야 내가 더 걷고 싶다는 뜻을 알릴 수 있거든요."

"미미가 엄마 마음도 잘 읽고 아주 똑똑하구나."

"맞아요. 엄마도 나한테 그런 얘기를 종종 해요."

"미미가 더 걷고 싶다고 표현하면 엄마가 다 들어주는 편이니?"

"네. 좀 피곤해할 때도 있지만 제 눈에는 엄마도 즐거워 보여요. 못이기는 척 따라와주는 것 같아요."

"미미가 즐거워하면 엄마도 다시 힘이 날 거야. 엄마랑 걷는 산책길은 마음에 들어?"

"네! 어떤 날은 꽃이 많이 피어 있기도 해요. 꽃냄새를 맡으면 코가 간질거리기도 하지만 기분이 참 좋아요. 그럴 때면 나도 엄마도 둘 다 너무 행복한 기분이 돼요."

"기분 좋게 걷는 시간은 충분하니?"

"네! 원 없이 달리기도 하는데, 다리가 아프면 엄마한테 안아 달라고 해요."

"그럼 엄마가 미미를 안아주는 거야?"

"맞아요. 그리고 우리는 집으로 돌아오죠. 엄마한테 안긴 채로 흔들흔들 집으로 돌아오는 길도 기분이 좋아요. 집에 와선 몸이 노곤해지기도 하지만 대체로 기분이 무척 좋아요."

"그래. 미미가 행복하다면 엄마도 충분히 네 뜻을 헤아려 줄 거란다. 그럼 미미가 싫어하는 건 뭔지 말해줄 수 있어?"

"몸에 물이 닿는 건 정말 싫어요!"

"물이 닿는다는 건 목욕하는 걸 말하는 걸까?"

"발만 씻을 때는 그런 대로 참을 만한데 목욕은 정말 싫어요."

"목욕을 자주 하는 편이니?"

"나는 자주 하는 것 같은데 엄마는 자꾸만 더 씻기려 하는 것 같아요."

"사람들은 깨끗한 걸 좋아해서 그럴 수 있단다. 미미한테서 좋은 향기가 나면 같이 기분 좋게 지내고 싶을 수도 있어."

"나는 아무 문제 없다고 생각해요. 이상한 냄새도 안 나고 내 몸은 아주 건강하거든요."

"미미가 건강하다고 느끼니 정말 다행이야. 만약 엄마가 미미를 꼭 씻겨야 한다면 조심해야 할 게 있을까?"

"물이 코에 들어가면 너무 무섭고 숨도 잘 안 쉬어지기도 했어요. 엄마가 안아줬으면 좋겠는데 그럴 때마다 더 멀리서 물을 뿌려요."

"그런 기억이 있었구나. 미미가 너무 무서웠을 것 같아. 엄마한테 잘 얘기해서 조금 더 신경을 써달라고 해볼게."

"그리고 물도 좀 더 따뜻했으면 좋겠어요. 물 때문에 몸이 금방 추워지면 그것도 기분이 별로거든요."

"그래. 목욕할 때는 더 따뜻하게 얼른 마쳐달라고 얘기해볼게. 미미가 잘 설명해줘서 정말 고마워. 엄마한테 더 하고 싶은 얘기는 없니?"

대화를 위한 질문은 단순했지만 엄마가 알고 싶어 하는 내용 외에도 좀 더 섬세한 미미의 마음을 읽을 수 있었습니다. 그들을 향한 사랑으로 마음이 열려 있다면 최대한 많은 이야기를 듣고 싶을 것이고, 그들을 향한 우리의 호기심은 사소한 이야기도 모두 즐거운 시간을 만들 수 있을 것입니다.

물론 그렇다고 해서 동물이 사람의 언어로 답변을 해주는 것은 아닙니다. 질문에 상응하는 답이 오면 우리의 뇌에서 우리가 이해할 수 있는 언어로 변환해 최종적으로 인식하게 해주는 과정을 거치는 것이지요. 달리 말하면, 언어라는 필터를 통해 정보를 인식하고 전달하는 것일 뿐 언어 자체로 소통을 하는 게 아니라는 얘기입니다. 그렇기 때문에 동물과 대화를 할 때는 한국말이든 영어든 모두 가능합니다. 이차적으로 우리가 상담을 진행하는 사람이 되었을 때 그 내용을 전달받는 대상은 동물이 아닌 사람 가족이기 때문에 언어로 표현할 수밖에 없습니다. 따라서 동물의 마음을 왜곡하지 않고 가장 정확하게 나타낼 수 있는 가장 적절한 언어로 환원할 수 있어야 합니다.

질문을 할 때도 특별한 말이나 몸동작을 할 필요는 없다고 앞에서 얘기했습니다. 동물에게 질문하듯 그 생각을 떠올리면 됩니다. 이 과정에서 사람들은 흔히 내가 생각한 질문이나 메시지가 잘 전달되지 않을 것 같아 어떻게든 강력한 에너지로 만들고 싶어 합니다. 하지만 어떻게 하면 더 전달이 잘 될까 하는 고민은 예기치 않은 상황을 발생시키기도 합니다.

예를 들어, 동물에게 병원에 가야 할 수도 있다고 설명하는 장면입니다. 동물병원이라고 하는, 우리의 내재된 경험을 떠올립니다. 수의사 선생님과 친절한 직원들이 몇 있고 진료대와 주삿바늘이 있습니다. 주사를 맞아야 하는 경우도 있다고 설명하면서 주사기라는 이미지를 전달하느라 과장해서 상상을 하게 됩니다. 우리의 머리에는 현실적이지 않은 크기의 주사기와 바늘이 만들어졌고, 그 정보는 우리가 막을 틈도 없이 동물에게 전달이 되어 버립니다. 어떤 반응이 올까요?

굳이 그렇게 하지 않아도 된다는 뜻입니다. 우리가 생각하고 있는 그대로, 우리 마음 그대로, 하나도 보태거나 뺄 것 없이 정보는 오고가고 자연스럽게 대화는 진행될 수 있습니다. 어떠한 경우에라도 편한 마음을 유지하는 것이 관건입니다.

동물의 문제 행동에 대해 상담을 요청하는 경우도 많습니다. 문제 행동은 우리가 붙인 이름이지 동물의 입장에서는 아무런 문제가 되지 않습니다. 자연스러운 본능의 발현이고 만족, 불만족, 욕구의 표현입니다. 그런데 우리가 동물교감이라는 형태로 그 상황에 개입하게 되었을 때는 어떻게든 그 문제 행동을 고쳐 놓아야 한다는 의무감을 갖기 시작합니다. 그래야 동물교감의 효력이 발생하고 우리는 실력 있는 애니멀 커뮤니케이터로 인정받을 수 있

다고 생각하기 때문입니다. 여기서도 종종 과도한 전달로 인한 부작용이 발생할 수 있습니다.

예를 들어 분리불안으로 계속 짖어대기만 하는 강아지가 있다고 생각해보겠습니다. 누가 보더라도 그 아이가 계속 짖고 있는 이유, 무엇을 바라는지는 명백합니다. 그런데 우리는 그렇게 해줄 수가 없기 때문에 그를 고치지 않으면 안 된다고 생각합니다. 사람들은 자신의 능력 밖의 일이 발생했을 때 다소 공격적인 행태를 보이기 쉬운 것처럼, 동물에게도 이른바 정서적인 협박을 하게 되지요.

"네가 자꾸 그렇게 짖으면 주둥이를 잡고 돌려 네 몸을 저 우주 밖으로 날려버릴 거야!"라고 전달하는 경우가 있었습니다. 어느 연습생의 실제 사례입니다. 비현실적이고 과장된 전달이었지요. 그 교감으로 인해 동물의 문제 행동이 고쳐졌다고 하더라도 근본적인 문제 해결 방법이 될 수는 없습니다. 모든 문제를 푸는 열쇠는 '사랑'에 있기 때문입니다.

이런 상황에서 여러분이라면 어떻게 하시겠습니까? 다소 과정이 길고 복잡해지더라도 동물이 아닌 사람이 할 수 있는 일도 고려해보아야 할 것입니다. 우리는 대체로 동물이 우리에게 맞춰 살아야 한다고 여기는 경우가 많습니다. 우리가 동물에게 무언가를 베풀어주는 은혜로운 자라는 인식만 가득하다면, 가족으로 받아들인 반려동물이라도 그는 우리를 위해 희생해야 하는 생명에 불과할 것입니다. 동물도 사랑을 받고 싶어 하고 가족과 함께 있는 시간을 가장 좋아합니다. 우리가 바뀔 생각이 없다면 동물도 똑같이 양보할 수 없는 마음이 될 것입니다. 동물교감은 대상의 마음을 충분히 이해하고 어루만져주는 것이 가장 우선이 되어야 합니다. 그리고 가족들이 해줄 수 있는 일도 찾아보고, 동물도 어느 정도 양보하면서 간극을 점차 좁혀가는 것이 필요합니다. 동물의 마음만 들어주고 이해해주었을 뿐인데 사람들이 고민하는 문제행동이 순식간에 사라지는 경우도 아주 많습니다. 여기서 중요한 것은 여러분도 발견할 수 있을 것이라 생각합니다.

동물교감 상담의 종류

동물과의 대화는 상황에 따라 여러 종류로 나눌 수 있습니다. 일반 교감, 문제 상황, 아픈 동물과의 교감, 나이가 많거나 가족과 이별을 준비하는 상황, 영혼 교감 등입니다.

일반 교감은 가장 기본적인 형태로 동물도 우리에게 끊임없이 말하고 싶은 것이 있다는 것을 전제로 그들의 이야기를 들어보는 것입니다. 특별한 문제는 없지만 단순히 반려동물의 마음이 궁금한 경우가 그에 해당한다고 볼 수 있지요. 이때 많이 하게 되는 질문은 요즘 컨디션은 어떤지, 가족들을 어떻게 생각하는지, 특별히 좋아하는 음식이나 원하는 것이 있는지, 행복한지, 가족에게 하고 싶은 말이 있는지 등등입니다. 의외의 답변이 나오기도 하지만 대부분은 가족들도 이미 알고 있는 내용들입니다. 익히 알고는 있었지만 혹시 몰라 동물의 마음을 확인하고 싶은 것이죠. 그리고 역시나 우리가 생각하는 것이 맞았다고 안도하고 그때부터 반려동물과 가족들은 끈끈하게 연결되었다는 느낌에 더욱 사랑하며 살게 됩니다. 전문가로부터 따로 교감 내용을 받아보지 않더라도, 가족의 말과 행동에 대해 반려동물이 어떻게 느낄지 앞으로는 더 마음이 쓰이기도 합니다.

다음은 문제 행동으로 인해 가족들이 불편을 겪고 있거나 어떻게 해결해야 할지 몰라 난감한 상황입니다. 가족들의 마음은 급하고 눈에 보이는 변화가 뒤따르기를 바랍니다. 앞장에서 설명했지만, 이때 무리한 시도를 하면 근본적인 해결 방법은커녕 오히려 돌이킬 수 없는 장벽만 생길 수도 있다는 점을 명심해야 합니다. 동물이 이상한 행동을 보이는 경우는 사람에게 일차적으로 문제가 있는 경우가 많습니다. 어떤 이유로든 동물이 편안하지 못하기 때문에 자연스러운 행동이 뒤따르지 못하는 것이지요. 사람들은 대부분 자신의 문제가 동물에게도 영향을 미칠 수 있다는 사실을 알지 못합니다. 자신의 마음이 불안하거나 신경이 곤두서 있을 때는 물론 가족들의 몸에 이상이 생긴 경우 동물에게 그 불편함이 전해지기도 합니다. 그래서 동물과 가족이 같은 질병을 갖게 되는 경우도 많지요.

또 아픈 동물과의 교감이 있습니다. 나이가 많건 적건 사고와 질병은 예기치 않은 순간에 찾아옵니다. 이때 동물교감을 의뢰하는 것은 교감을 통해서 말 못하는 동물이 겪고 있는 통증의 정도나 어떻게 해주면 좋을지 등에 대해 지혜를 얻고 싶은 것입니다. 동물의 아픔을 이해하는 것은 가족들의 설명도 참고가 되지만 실제로 애니멀 커뮤니케이터 자신의 몸의 통증으로 나타나기도 합니다. 아픈 동물도 우리도 유쾌할 수 없는 상황이라 교감은 진지해지고, 이를 전해 듣는 가족들의 반응도 안타깝습니다. 어디가 얼마나 아픈지를 알고 난 뒤 우리가 해줄 수 있는 것이 없을 때는 모두 마음이 참담합니다. 이 분야의 동물교감에서 가장 유용한 것은 레이키(Reiki)라는 힐링 요법입니다. 이는 다음 장에서 자세히 설명하도록 하겠습니다.

그 다음으로는 나이가 많거나 가족과 이별해야 하는 상황에 대한 교감입니다. 이는 특히 제가 마음을 쓰는 분야이기도 합니다. 특별한 경우를 제외하고 동물은 우리보다 먼저 떠나게 됩니다. 이별의 순간에 질병으로 인한 통증이 동반되기도 하지만 천수(天壽)를 누리다 가더라도 죽음으로 인한 이별은 고통스럽습니다. 그들을 사랑하면 할수록 그 고통은 커질 것입니다. 그 사랑이 우리를 얼마나 행복하게 했는지, 이별의 순간에야 소중한 것들을 깨닫기 시작합니다. 이별로 인한 고통의 순간들을 지켜보면서 우리가 놓치지 말아야 할 무엇인가를 생각하게 됩니다. 이것이 동물과의 사랑에서 얻어지는 큰 깨달음이 아닐까 합니다.

누구나 동물의 마음을 듣고 싶은 조급한 마음이 있겠지만, 전문 애니멀 커뮤니케이터가 어떤 상담보다 우선해야 할 것은 이별 상황입니다. 육신은 영혼을 물질세계에 드러나게 해주는 옷과 같습니다. 영혼이 육신을 떠나 어디로 가는지 아무것도 알지 못한 채 커다란 두려움과 고통에 사로잡히게 됩니다. 그 중요한 교감의 순간은, 동물이 살아있는 동안 들을 수 있는 마지막 이야기이고 우리가 전할 수 있는 마지막 메시지가 될지도 모릅니다. 지체하다가 그 순간을 놓치게 되면 가족들의 아픔은 이루 말할 수 없이 커집니다. 아무리 가족이 아닌 제삼자라 하더라도 동물과 가족 모두에게 두고두고 미안한 마음이 남습니다. 애니멀 커뮤니케이터가 이 상황에서 해야 할 역할은, 소중한 가족으로서 너무나도 아름다운 삶을 함께 살았다는 기쁨을 알고 인연에 감사할 수 있도록 연결해주는 것입니다. 우리의 가슴에 보석으로 남는다면 동물들의 영혼도 한층 빛이 더해질 것입니다.

우리가 영원히 붙잡고 싶은 순간에도 끝이 있고, 그들은 하늘로 돌아갑니다. 하늘나라가 어떠한 곳인지 저는 잘 알지 못합니다.

눈을 들어 올려다보는 푸른 공간이기도 하고 우리 모두의 고향이며 안식처이기도 할 것입니다. 우리 곁을 떠나간 동물들이 비로소 육신으로부터 자유로워진 채 휴식할 수 있는 곳, 다음 여정을 준비하기 위해 치유의 시간을 갖는 곳. 그곳에 머물고 있는 또는 여행하고 있는 동물과의 대화는 무척 신비롭습니다. 물질적인 경험 밖의 세계라 가늠할 수 없는 차원의 깊이와 넓이가 존재하는 듯합니다. 하나의 삶에서 배움을 마치고 돌아간 영혼들의 이야기는, 인간과 동물의 구분이 무의미하며 하나로 존재하는 우리 모두를 위한 비밀 같은 지혜가 충만한 분야이기도 합니다.

오류에 대하여

인간의 삶보다는 덜 복잡해 보이지만 영적인 차원에서 동물들의 이야기는 결코 단조롭지 않습니다. 배우고자 하는 의지가 있다면 땅 위를 기는 한 마리의 벌레로부터도 깨달음을 얻을 수 있을 것입니다. 하물며 우리와 삶을 함께한 동물들의 이야기는 듣고자하는 사람에게는 늘 열려 있습니다. 그로부터 배울 것이 있고 없고의 차이는 여러분이 얼마나 그 지혜와 공명할 수 있는 영혼인가 하는 것과 관계가 있습니다.

교감 상담 종류에 포함하지 않은 한 분야가 더 있는데 바로 실종 상황입니다. 우리나라만 해도 유기동물이 한 해 10만 마리로 집계됩니다. 처음에는 귀여워하다가 몸집이 커져서, 돈이 많이 들어서, 책임지기 싫어서 버리는 사람도 물론 있지만, 예기치 않은 사고로 동물을 잃어버린 경우도 많습니다. 그때 사람들은 다급하게 상담을 요청하게 됩니다. 지푸라기라도 잡고 싶은 심정이 되는 것이 당연합니다. 그 마음을 십분 이해하고, 어떤 경우보다 안타깝지만 그럴수록 더욱 신중하게 접근해야 합니다. 섣부른 도움을 줄 수 있다고 자만해서는 안 됩니다. 그 이유를 설명하겠습니다.

반려동물을 잃어버린 가족의 마음은, 그를 죽음으로 떠나보낸 경우보다 최소한 백 배는 더 큰 패닉 상태에 이릅니다. 이 때문에 평소 동물교감을 몰랐거나 그다지 신뢰하지 않는 상태라 하더라도 어떤 도움이든 받고자 하고 이름난 애니멀 커뮤니케이터에게 의뢰를 하기도 합니다. 사람의 마음이 항상 평온할 수는 없지만, 특히 이런 경우에는 시작부터 매우 큰 오류의 가능성에 휩싸이게 됩니다. 에너지 작업은 내담자와 상담자의 건강한 신뢰를 바탕으로 필드가 펼쳐지기 마련인데 실종 상황에서의 필드는 거친 풍랑을 뚫고 항해를 해야 하는 위험부담을 이미 떠안고 있기 때문입니다. 그럼에도 우리는 안타까운 마음에, 그간 배워서 수련한 대로 대상과의 연결을 시도하겠지요.

상담을 의뢰받은 애니멀 커뮤니케이터는 자신의 방식대로 명상을 하고 동물의 에너지 에센스를 받아 연결합니다. 예를 들어 대상이 91.3메가헤르츠의 라디오 주파수처럼 거기에 존재한다고 믿고 연결을 시도할 때, 우리의 의도가 아무리 정직하고 순수해도 풍랑은 우리의 마음을 일순간에 잠식할 수도 있게 됩니다. 91.3으로 채널을 맞추려던 우리의 손은 자신도 모르게 101.3에 맞춰집니다. 우리가 들으려고 했던 음악 방송이 거기서도 흘러나옵니다. 우리는 잘 연결되었다고 믿습니다. 그리고 받아 적습니다. 동물로부터 온다고 믿어지는 선명한 느낌과 정보들은 잃어버린 동물을 찾고자 하는 가족에게는 어느 하나 소중하지 않은 것이 없습니다. 그들은 어떤 정보라도 동물이 있는 좌표를 좁혀가며 애니멀 커뮤니케이터에게 의지하게 될 것입니다.

하지만 실종 교감은 한 번으로 끝나기 어렵습니다. 찾을 때까지 계속되고 좌표에 가까워진다는 느낌을 받으면 사람들의 마음은 더욱 조급해지기 때문입니다. 그래서 다시 의뢰하고, 다른 사람에게도 부탁하고, 온갖 방법을 다 동원하기에 이릅니다. 여기서 상담을 진행하는 애니멀 커뮤니케이터가 제아무리 뛰어난 사람이라 하더라도 오류로부터 완전히 자유롭지는 못합니다. 모든 에너지를 통제할 수 있다면 좋겠지만, 완벽하게 이치를 알지 못한 상태에서 진행하는 교감은 계속해서 정보를 오염시키거나 그것을 믿게 되는 상황에 이릅니다. 잘못된 에너지를 더 키워내는 일밖에 안 되는 것이지요. 그런 상황이라면 다른 애니멀 커뮤니케이터가 개입되어 다른 접속을 시도할 때도, 이미 만들어진 가상의 에너지에 연결되기 쉽습니다. 그렇게 얻어진 정보는 더 큰 믿음의 에너지가 되어버립니다. 사람들이 이미 거기에만 희망을 걸고 있기 때문입니다.

따라서 내가 어떠한 상태인가, 어떤 생각을 품고 있는가, 나에 대한 근본적인 성찰이 중요한 문제로 남게 됩니다. 우리는 정보에 대한 경향성을 아는 것뿐이지 대상에 대해 완벽하게 알지 못합니다. 결국 내가 바라보는 것들에 따라 결과가 달라질 수 있다는 뜻입니다.

반려동물을 잃어버린 가족의 마지막 하소연은, 그가 살아있는지 죽었는지 그것만이라도 알려달라는 것입니다. 그것이 동물교감을 통해 알 수 있는 가장 기초적인 내용이라고 생각하기 때문입니다. 그들은 삶과 죽음이 마치 바둑판의 흰 돌과 검은 돌처럼 명백하게 구분되는 어떤 것이라고 여깁니다. 질문에 초점을 맞추면 그에 대한 선명한 답을 얻을 수 있을 것이라 생각합니다. 그러나 삶과 죽음은 때로 경계가 모호합니다. 눈앞에 있을 때는 그가 숨을 쉬고 걸어 다니는 걸 보면서 '살아있다'고 생각할 수 있지만, 뇌사 상태와 같은 극단적인 경우라면 죽음과 삶의 경계를 어떻게 나눌 수 있을까요? 또 영혼의 관점까지 확장되면 정말 그 경계는 아무 의미가 없어지고 맙니다. 동물과 연결하는 것이 곧 그들의 육신과 연결하는 것이 아니기 때문입니다. 만약 실종된 동물과 제대로 교감이 이루어져서 그들이 보여주는 세상이 우리가 사는 것과 똑같고 하던 행동도 똑같다면, 우리는 그가 살아있다고 믿을 것입니다. 하지만 영혼으로만 존재하는 '몸' 또한 일시적으로, 경우에 따라서는 오랜 기간 동안 살아있을 때와 다름없이 '생활'할 수 있다는 것을 간과하면 안 됩니다.

"보리는 오늘 어떻게 지냈어?"

"늘 다니던 길을 걸었어요. 차들이 많이 다니고 음식 냄새도 나는 곳이에요. 빵집도 있는데 그 앞을 지날 때 배가 고팠어요."

"저런… 밥은 먹었니?"

"아무것도 먹지 못했어요. 차들이 너무 많아서 어디로 가야 할지 모르겠어요."

만약 보리라는 강아지가 이미 세상을 떠난 동물이라는 정보가 있었다면 이 대화를 통한 상황 파악은 달랐을 것입니다. 떠난 몸이지만 늘 산책 다니던 동네 앞길을 서성이고 있거나 평소에 맡던 빵 냄새에 여전히 반응하는, 어느 정도 이 삶에 머물면서 정리할 시간을 갖고 있는 것쯤으로 이해했을 것입니다.

그러나 실종 상황이라면 전혀 다른 정보가 됩니다. 보리가 살아 있다고 판단할 만한 내용이지요. 집에서 멀지 않은 곳에 있으며 반려인이 알 만한 빵집이라는 정보도 있습니다. 늘 다니던 동네 앞길에 나가보면 보리를 찾을 수 있을 것 같습니다. 그 어느 때보다 교감의 도움이 절실한 실종 상황에서, 의도치 않게 이런 혼란을 야기할 수도 있다는 점을 간과해서는 안 됩니다.

왜 동물교감에서는 자신이 죽었다는 사실을 단순하게 대답해주지 않는 것일까요? 간혹 그런 선명한 답변이 오는 경우도 있지만 대부분은 우리가 이끄는 대화의 방향대로 길이 열리게 됩니다. 또한 삶과 죽음은 극명하게 나뉘는 어떤 것이 아니기도 합니다.

동물교감을 통해 얻고자 하는 정보가 단순한 우리의 호기심에 기인한 것이 아닐 때, 더욱 각별히 낮은 마음으로 임해야 합니다. 이완을 해서 대상에 연결하고 읽어나가는 리딩의 방식은 우리가 시도해볼 수 있는 연습의 시작에 불과합니다. 여러분에게 설명할 수 있는 더 많은 내용들이 그 이후에 있기 때문입니다. 이제 막 바이엘을 배우기 시작한 피아노 교습생에게 쇼팽의 감각을 설명할 수 없는 이치와 같습니다. 여러분이 애니멀 커뮤니케이터로서 타고난 천재성을 갖고 있지 않은, 우리 안의 잠재력을 일깨우는 데서부터 시작하는 수련생이라면 과정 하나하나에 최선을 다해 스스로 터득해가는 수밖에 없습니다. 처음에는 이렇게 기계처럼 작동되지만 고수가 되면 될수록 우리의 관여가 필요해지고, 우리는 훨씬 더 편안하고 자연스럽게 동물교감을 즐길 수 있게 될 것입니다.

5
보디 스캐닝(Body Scanning)

아픈 동물 상담

말 못하는 동물로부터 마음을 전해 듣는다고 할 때 가장 유용한 부분이라면, 어디가 아픈지 알게 되는 것일 겁니다. 다른 교감 분야도 각각의 의미가 크지만 사랑하는 동물이 아플 때는 내가 대신 아픈 게 차라리 낫겠다는 생각도 많이 하지요. 내 수명을 10년쯤 떼어주고 그만큼 더 건강하고 행복하게 오래오래 살았으면 하는 바람도 많이들 얘기합니다.

애니멀 커뮤니케이터는 동물과 대화를 해서 그들의 생각을 알려주는 사람이지 그들의 병을 고쳐주는 사람이 아닙니다. 법적으로도 그럴 권한이 없습니다. 자칫 불필요한 상황에 노출되어 시비에 휘말릴 수도 있습니다. 위험 부담이 큰 분야라고 할 수 있습니다.

그렇지만 동물과 교감하다 보면 그들의 마음속에도 다양한 아픔

이 존재하는 것을 보게 됩니다. 사람이나 동물이나 몸의 통증은 물론 마음의 고통도 더 이상 겪지 않도록 빨리 해소하고 싶은 심정일 것입니다.

아픈 동물을 만났을 때 그의 마음에 대한 헤아림 없이 어디가 어떻게 아픈지 건조하게 묻고 답만 받는다면 우리는 상담가가 아닌 정보를 읽어오는 리더에 불과할 것입니다. 스스로의 역할을 부여함에 있어 무엇이 옳고 그르다고 말할 수는 없지만, 저는 아픈 동물의 경우 교감으로 도움을 줄 수 있는 일이 아주 많다고 생각하는 편입니다. 사람에 따라서는 아픈 동물의 몸과 마음을 체크하는 것이 우리의 영역을 넘어선 일이라 보고 이 부분은 진행하지 않는 경우도 있습니다. 그것은 여러분 각자의 가치기준에 따라 판단하고 결정할 일일 것입니다.

사람의 질병이 다양한 만큼 동물의 몸에 나타날 수 있는 질병 역시 사람처럼 다양하고, 생소한 것도 많습니다. 디스크, 치매, 암 등도 흔하게 나타납니다. 결핵, 일본뇌염, 코로나 등 인수공통 감염병은 요즘 사람들의 관심사로 대두되었지요. 사람이 동물에게 병을 옮기기도 하고 반대의 경우도 많습니다. 세균, 바이러스, 진균, 기생충 또는 다른 생물체 등이 모두 병원체가 될 수 있습니다. 도시화로 인한 산림 파괴 때문에 야생동물과의 접촉이 늘어난 것도 이유일 수 있고, 인간의 소비를 위해 동물을 사육하는 집단시설도 늘 전염병의 문제로부터 자유롭지 못한 채 우리의 숙제로 남아있습니다.

인간은 동물을 소비하는 대상으로만 생각하기 때문에 이들에 대한 존중심 없이 문제가 생기면 '살처분'이라는 간단한 방법으로 그들을 땅에 묻어버리고 맙니다. 하지만 침출수나 토양과 지하수 오염 등으로 결국 그 피해는 우리에게 돌아오고 맙니다. 그동안 동물교감을 하면서 반려동물 이외에 다양한 동물들의 세계까지 눈이 가 닿았습니다. 그렇게 보게 되니 아픈 현실에 고통받는 쪽은 우리보다 동물들이더군요. 동물교감을 통해 바로 해결할 수 있는 문제는 아니지만 동물에 대한 사회적 인식 개선을 위해 힘쓰고 나 개인부터 실천 방안을 찾아 노력해 나가는 것이 현재로서는 최선이라 생각합니다.

동물과 교감하면서 우리와 가족으로 살아가는 동물들 외에 실험동물, 야생동물, 농장동물의 고통을 알게 될까 두렵다는 사람들도 많았습니다. 그러나 고통스러운 현실일수록 직면하는 용기가 필요합니다. 개개인이 최선의 노력을 다하는 것이 돌이킬 수 없는 길로 들어서는 어리석음을 조금이나마 늦추게 될 것입니다.

아픈 동물들이 보이는 반응은 다양합니다. 그들의 개성도 각양각

색이어서 아프면 아프다고 표현하는 동물도 있고 혼자 속으로만 끙끙대는 경우도 많습니다. 우리는 아플 때 다양하게 표현이라도 할 수 있지만 동물들은 우리가 이해하기 힘든 눈빛과 행동으로 가끔 우리를 곤혹스럽게 합니다. 무언가 이상한 낌새가 느껴지지만 정확히 몰라서 안절부절못하게 되거나 계속되는 동물의 이상 행동에 짜증이 나기도 하지요. 그러다 병을 더 키웠다는 사실을 나중에 알게 되면 스스로를 책망하기도 합니다.

동물들은 몸이 아플 때 평소와는 다르게 공격적인 모습을 보이기도 합니다. 갑자기 사람을 물거나 같이 사는 다른 동물과 싸운다면 나무라지만 말고 어떤 불편한 문제가 생겼는지 알아보는 것이 좋겠습니다. 동물교감에서도 흔히 볼 수 있는 상황입니다. 가족들이 문제 행동이라 판단해서 교감 의뢰를 했는데 알고 보니 몸 어딘가에 심각한 통증을 달고 지낸 지 꽤 된 경우도 많습니다. 어쩌면 더 힘들어지기 전에 문제를 해결해달라는 신호를 보내고 있는 것일 수도 있습니다. 동물의 심리적인 변화나 생각뿐만 아니라 몸 어딘가에 직접적인 통증을 유발하는 모든 질환을 의심해볼 수 있는 상황입니다.

반려동물과 함께하면서 가장 걱정이 될 때가 밥을 먹지 않는 경우일 것입니다. 평소 식욕이 좋았다면 더욱 걱정스러울 수 있겠지요. 이때에도 마음의 문제나 몸 어딘가에 이상 증세가 나타나고 있다고 볼 수 있습니다. 물을 갑자기 많이 마시거나 반대의 경우도 그럴 수 있습니다. 모든 생명은 음식을 섭취함으로써 건강하게 살아가는 활력을 얻는데, 반려동물이 음식을 먹지 않을 때는 우리의 근심도 깊어지게 됩니다. 특별히 좋아하는 음식을 챙겨주는 것도 좋은 방법이지만 평소와 다른 모든 변화는 몸과 마음이 어떤 식으로든 변화를 겪고 있는 것이라 이해하면 좋을 것입니다.

아픈 동물이 자신을 표현할 수 있는 방법은 그리 많지 않습니다. 앓는 소리를 내거나 아픈 부위를 핥거나 구석으로 숨거나 하는 동작으로 표현하기도 하지요. 평소와 다른 자세를 취하는 경우, 문제 신호일 수 있다고 보고 너무 늦지 않게 체크를 해보면 좋겠습니다.

보디 스캐닝의 두 가지 방법

수의학을 공부한 사람이 아닌 이상 동물을 진찰해 직접적인 도움을 주는 일은 매우 어렵습니다. 하지만 동물교감은 수의학으로는 판단하기 어려운 형이상학적인 개입까지 가능합니다. 동물이 몸을 입고 우리와 살아가는 동안 그들의 건강은 우리에게도 안정적인 행복의 요소가 됩니다. 여기서 우리가 새롭게 이해할 수 있는 개념이 바로 보디 스캐닝(Body Scanning)입니다.

보디 스캐닝은 몸 전체의 상태를 파악하는 일을 말합니다. 언뜻 최첨단 기술처럼 느껴지겠지만 우리에게는 어떠한 의료장비도 없고 심지어는 동물을 직접 만나지도 않습니다. 그런데 동물의 몸 체크가 가능합니다. 원격으로 동물교감이 가능한 건 알겠는데 건강 체크까지 가능하다는 건 미심쩍게 느껴진다면, 앞서 설명한 내용에 대해 충분한 이해가 덜 되었기 때문일 것입니다.

동물병원에서 어떤 진단이 나왔다면 동물교감을 통해 부차적으로 통증이나 생각을 물어볼 수도 있습니다. 그런데 실제 상황을 보면, 병원에서는 아무 문제가 없다고 하는데 정작 동물은 정상이 아닌 경우도 아주 많습니다. 말 못할 고민을 안고 있거나 혈액검사·엑스레이·초음파 등으로는 찾아낼 수 없는 정서적인 문제가 존재하는 경우지요.

그래서 배운 대로 동물교감을 시도해봅니다. 동물교감이 잘 이해되도록 여러분에게 설명한 것은 많았지만 과정 자체는 너무도 간단했습니다. 그러나 교감 중에서도 특히 보디 스캐닝은 우리가 받아 적거나 느끼는 정보가 여러 형태로 나타납니다.

첫째, 우리가 사람 가족으로부터 미리 받은 정보에서 기인한 사념이 개입되지 않도록 나를 온전히 비우고 교감을 시도합니다. 동물에게 초점을 맞추고 질문을 보내면 되겠지요. 이 과정에서 불완전한 요소가 없다면 이론적으로 교감은 아무 문제가 없습니다. 다만 일상 작업 중일 때와는 다른 뇌파로 유지되기 때문에 자신의 기억력을 너무 믿지 않는 것이 좋습니다. 의식의 상태에서 더욱 깊은 무의식의 세계, 보이지 않는 세계에 존재하는 수많은 사실을 관찰하기 때문에 때로는 우리의 경험만으로는 알 수 없는 단어나 정보가 들어오기도 할 것입니다. 특히 우리가 평소에 전혀 알 수 없었던 의학적인 용어가 튀어나오기도 합니다. 물론 머릿속 기억에는 없더라도 어디선가 한번쯤 들어서 무의식에 저장된 단어일 수도 있습니다. 또는 우리의 경험이나 기억과는 무관한, 세상에 존재하는 무수한 에너지 형태의 정보일 수도 있습니다. 우리가 뜻도 모르고 받아 적게 되는 단어들에는 원인과 출처가 없기도 합니다. 받아들일지 말지는 우리의 몫이 되겠지요.

다음으로는 보디 스캐닝이라는 단어에 가장 가까운 방법입니다. 역시 편한 상태에서 동물에게 연결합니다. 연결되는 느낌을 명확히 알면 좋겠지만 많은 사람이 어려워하는 대목이 바로 이 부분이기도 합니다. 특히 수련 초반일 때, 자신에 대한 믿음이 약한 상태에서는 더더욱 그렇습니다. 눈을 감은 상태지만 무언가 보이는 것 같고, 내가 알지 못하는 어떤 정보들이 쏟아지고 있는데도 그것이 내 상상인지 아닌지를 구분하려고 하기 때문에 자신만의 엄격한 필터에 모두 걸러지고 마는 것입니다. 그 느낌을 믿고 즐거운 마음으로 임해보시기 바랍니다.

그때 내 앞에 동물이 있다고 심상화를 합니다. 그리고 머리부터 목, 어깨, 등, 척추를 따라 꼬리까지, 그리고 다리 부분을 하나하나 손끝이나 손바닥으로 느껴봅니다. 직접 만지면서 진행하는 과정은 아니지만 열감이나 냉기, 찌릿찌릿함 등의 다양한 진동을 느낄 수도 있습니다. 또는 특정 부위를 지날 때 색깔들이 보이는 것처럼 느껴질 수도 있습니다. 어떤 색깔이라고 해서 좋고 나쁜 건 아니지만 대체로 붉거나 검은색은 부정적인 느낌으로 전해오는 경우가 많습니다.

어떤 감각이든 여타 부위와 다른 느낌이 있다면 거기서 긍정적인지 부정적인지를 다시 구분해보는 것이 필요합니다. 이는 사람마다 느낌이 달라서 자신의 패턴을 발견하고자 한다면 역시 반려인의 피드백이 중요합니다. 동물교감전문가로 활동한다면 의뢰인의 감상이 꼭 필요한 것은 아니지만 수련생에게는 모든 과정이 공부가 될 수 있기 때문에 피드백이 없다면 수련에 큰 도움이 되지 않을 수도 있습니다. 그러니 처음에는 주변의 지인 또는 반려동물을 사랑하고 동물교감에 긍정적인 느낌을 갖고 있는 사람들의 도움을 받는 것이 아주 좋습니다.

위의 두 가지 방법은 객관적인 입장을 유지하며 상대를 체크해볼 수 있다는 장점이 있습니다. 첫 번째 방법의 장점이라면, 보디 스캐닝이라 하더라도 기존의 동물교감 방식에서 크게 벗어나지 않은 채 정보를 받아 적는다는 느낌으로 진행합니다. 대체로 단어의 표현이나 그림 등으로 설명할 수 있습니다. 자신이 받아 적은 단어나 그림에 대해 스스로 잘 이해가 되지 않을 수도 있지만 반려인과의 대면 상담 과정에서는 오히려 동물의 가족들이 더 잘 이해하기도 합니다. 따라서 이 방법의 동물교감이나 보디 스캐닝을 통해 얻은 정보가 설령 자신이 잘 알지 못하는 분야나 내용이라 하더라도 의미를 찾아보려는 노력이 필요합니다. 가장 단순한 동물교감의 방식이며, 기본적인 수련에 익숙한 사람들이라면 가장 적합한 과정일 수 있겠습니다.

두 번째 방법의 장점이라면, 단어나 그림의 인식 외에도 에너지의 감각을 직접 느낄 수 있다는 데에 있습니다. 동물의 건강과 질병 문제에 특히 더 관심이 많은 수의사나 동물병원에서 근무하는 사람들이 동물교감을 배우고자 하는 목적이 되기도 합니다. 이 분야 참여자들의 얘기를 들어보면, 병원 장비로 측정되지 않는 다양한 문제들이 '그냥' 느껴지는 경우도 많다고 합니다. 그런데 동물의 보호자인 일반 사람들에게, 말 그대로 근거 없이 동물의 문제를 이야기하면 다소 이상하다는 반응을 보이기 때문에 함부로 얘기하기가 망설여지게 됩니다. 그렇다고 무시하고 넘기기에는 그 느낌의 의미와 결과가 너무도 커서 이것이 도대체 무엇인가 늘 고민이 많았다고들 합니다. 동물이 앞에 있다는 것을 심상화하며 손을 뻗어 에너지의 감각을 찾아보는 작업이 아니더라도 '그냥' 알게 되는 무언가가 있다는 것이지요.

그 무언가를 찾을 수 있다면 동물교감 상황뿐만 아니라 다양한 생활 분야에서도 도움을 받을 수 있습니다. 어디에나 에너지는 존재하고, 이왕이면 우리는 건강한 에너지와 공명하고 싶어 하니까요. 그러나 이 또한 우리 스스로가 건강해지지 않으면 건강하지 못한 에너지가 오히려 편하게 느껴지기도 합니다. 명백히 우리를 해칠 수도 있고 부정적인 자극으로부터 우리를 지켜내기 힘든 경우라 에너지 소모가 많을 테지만 내가 건강하지 못할 때는 오히려 부정성에 더 끌리게 됩니다. 부정적인 것들이 나와 공명하고 있기 때문입니다. 편안하고 아름답게 느껴지기까지 할 것입니다. 따라서 어떤 경우라도 항상 자신의 몸과 마음을 건강하게 다스리는 일이 수련의 시작이라 할 수 있습니다.

두 번째 방법이 꽤 많은 분야에서 우리에게 도움을 줄 수도 있지만 유일한 단점이라면 기감 훈련에 어느 정도 시간이 필요하다는 것입니다. 아직 동물교감 방식도 잘 이해하지 못했는데 할 일들이 자꾸만 쌓이는 느낌입니다. 그러나 이는 서로 다른 공부가 아니며 일시적인 스킬을 좇는 수련도 아님을 알아두기 바랍니다. 설령 세속적인 목적을 위해 이 세계의 문을 열었더라도 참된 어떤 것을 우연히라도 발견한다면 언제고 여러분의 마음을 다잡을 수 있는 중요한 지침이 되어줄 테니까요.

여기서 간단하게나마 기감을 훈련하는 구체적인 방법을 소개해보겠습니다.

여러분 앞에 있는 테이블 양 끝에 가상의 에너지를 만들어보십시오. 한쪽에는 진실, 다른 한쪽에는 진실의 부재(不在), 이렇게 간단히 여러분의 생각만으로 이미 그곳에는 에너지가 존재하게 됩니다. 이제 천천히 양쪽을 번갈아가며 손바닥으로 그 에너지를 느껴보세요. 처음에는 전혀 느낌이 없을 수도 있습니다. 보이지도 않는 에너지를 느끼는 게 쉽지 않은 일이기 때문에 보통 사람들은 그것이 존재하지 않는다고 여깁니다. 그러나 여러분은 이미 물질세계를 넘어선 어딘가에까지 사고와 인식이 확장되었기 때문에 충분히 가능한 일입니다. 인내심을 가지고 이 연습을 계속하면 여러분의 작은 손바닥을 통해 그 에너지들이 조만간 답을 줄 것입니다.

보디 스캐닝의 세 번째 방법

보디 스캐닝을 하는 세 번째 방법을 따로 설명하는 이유는 앞의 두 방법과는 다소 차이가 있기 때문입니다. 앞의 두 가지 방법이 객관성을 유지하는 일종의 리딩 방식이라면, 세 번째는 나의 신체를 통해 직접적인 인식을 하는 방식입니다. 동물교감 이론에서는 동물로부터 오는 정보를 가능한 한 쉽고 정확하게 받는 여러 가지 개념 이해와 수련 방식이 있습니다. 그중에서 직접적인 인식은 특수하면서도 보편적인 양면성을 갖고 있으며 장점과 단점 또한 큽니다.

보디 스캐닝의 세 번째 방법은, 우선 편안한 상태에서 대상 동물을 생각하며 그와 만났다고 심상화를 합니다. 여기까지는 앞의 두 방법과 같습니다. 그 후에 동물의 몸 상태, 건강이 어떠한지

'나의 몸'으로 직접 느껴보고자 하는 의도를 가집니다. 그리고 우리 자신의 몸에 의식을 집중합니다. 그때 느껴지는 감각들이 있습니다. 건강한 상태의 동물이라면 특별히 느껴지는 것이 없겠지만 그렇지 않은 경우라면 평소 나의 몸 상태와는 다른 어떤 감각들이 전해올 것입니다. 감각들은 때로는 약하게 또는 아주 강하게, 동물과 연결되어 있다고 의도를 갖는 동안 내내 전해올 수도 있습니다.

여기서 또 한번 강조가 되는 점은, 나 스스로의 몸과 마음이 건강하지 않다면 이 작업은 아무런 의미가 없습니다. 편두통을 달고 사는 사람이거나 만성적인 위장병, 디스크로 고생하고 있는 사람이거나 다른 어떤 문제로 몸이 개운하지 않은 상태라면 우리가 읽고자 하는 대상으로부터 오는 정보를 순수하게 전해 받을 수 없을 것입니다. 그 통증이 나의 것인지 동물의 것인지 구분이 쉽지 않기 때문입니다. 따라서 우리는 어떤 이유로든 동물교감을 통해 세상의 지혜를 배우고 싶다면 우리 자신부터 건강한 삶을 살도록 허용하고 노력해야 합니다. 이것이 바로 수행자의 기본자세입니다.

이렇게 쉽지 않은 방법인데도 이를 강조할 수밖에 없는 이유는, 보디 스캐닝에서는 대다수의 수련생들이 이 방식으로 동물의 상태를 느끼게 된다는 데에 있습니다. 내 몸으로 직접 느껴지는 감각이기 때문에 그만큼 사실적이며 설명도 용이합니다. 일반 교감은 눈으로 보이는 것 같고 귀에 들리는 것 같은 수많은 느낌들로 인해 희미한 안개 속을 헤매는 것 같지만, 자신의 몸으로 자신의 것이 아닌 다른 통증을 느낄 때는 과연 우리의 의도로 다른 대상과 이렇게 만나질 수도 있다는 것을 실감하게 됩니다.

그러나 여기에는 만만치 않은 단점이 존재합니다. 불필요한 고통을 몸소 체험해야 한다는 것입니다. 때에 따라서는 그 느낌이 상당히 불쾌할 수도 있기 때문에 마음을 단단히 먹는 것이 좋습니다. 많이 아픈 동물의 경우라면 더욱 그렇습니다. 쉴 새 없이 토할 것 같다거나 상상도 할 수 없었던 온갖 통증들이 한꺼번에 밀려올 수도 있거든요.

그럴 때는 어떻게 하면 좋을까요? 그렇게까지 하면서 동물의 고통을 알아야 할까요? 동물의 말 못하는 심정을 알아주고 가족들에게 설명해줌으로써 도움이 되는 방법을 찾아본다는 것은 큰 의미가 있습니다. 하지만 동물의 마음을 알아듣게 되었을 때, 우리와 함께 사는 반려동물에 국한되더라도 그들이 겪는 수많은 일들에 이미 우리의 마음도 편치 않은 경우가 많을 것입니다. 거기다 몸의 통증까지 참아내야 하는 일이라면 여러분은 어쩌면 여기서

포기하고 싶어질지도 모르겠습니다.

다행인 것은 모든 동물교감에서 이런 불편함이 있는 건 아니라는 점입니다. 마냥 즐겁고 행복한 동물도 많고 우리보다 훨씬 더 성숙해서 오히려 우리 자신이 부끄러워지는 경우도 많습니다. 아픈 동물의 경우, 그 불편함이 느껴졌다 하더라도 그 통증이 우리에게 전이되어 지속적으로 우리를 괴롭히는 일은 드뭅니다. 드물다고 얘기하는 것은, 일부 수련생의 경우 지속적인 통증을 호소하는 일도 있기 때문입니다. 물론 원인과 해결 방안도 있습니다. 원인에 따라 적절한 방법을 적용하는 것이 좋습니다.

부정적인 영향을 받는 가장 흔한 사례는, 자신의 몸이 그다지 건강하지 않은 상태나 선천적으로 허약한 체질일 때입니다. 그렇다면 스스로의 건강을 우선시하거나 앞서 설명한 다른 보디 스캐닝 방법을 시도해보는 것이 좋을 것 같습니다.

그 다음은 교감을 위한 명상을 할 때 그라운딩을 제대로 하는 것이 좋습니다. 평소에도 자주, 우리 에너지의 균형을 위해 시시때때로 심상화를 하거나 건강한 땅을 밟고 서거나 걸어보면 좋겠지요. 그리고 교감 도중 불편한 느낌이 전해왔다면 우리 몸의 뿌리를 통해 흘려보내는 심상화를 해보세요. 대체로 검은 에너지의 형태로 우리 머리 위부터 시작해 아래로, 아래로, 다시 계속해서 아래로 씻겨 내려가 지구가 치유해줄 것을 마음에 새깁니다. 그리고 이 땅의 신성함에 감사를 표합니다. 생각보다 많은 사람이 이런 방식으로 도움을 받습니다. 그만큼 그라운딩은 중요합니다. 동물교감 상황이 아니더라도 우리가 이 땅의 근원에 맞닿아 살아가는 지구 생명의 하나임을 깨우치게 해줍니다. 우리의 육체뿐만 아니라 정신과 혼까지 거대한 영혼에 열려있게 해주는 건강한 노력이 될 것입니다.

세 번째 보디 스캐닝 방법이 몸으로 직접 느껴지는 리얼함이 있다 하더라도 이를 객관적으로 인식하고 받아들이는 힘은, 우리 스스로가 커져 있을 때 가능합니다. 우리의 수준을 높이면 어떤 경우에도 흔들리지 않는 힘이 생깁니다. 하수는 고수의 세계를 가늠하지 못하지만 고수의 눈으로 내려다보는 세상은 인식과 수용의 어려움이 없습니다. 설령 일시적인 타격이 오더라도 그것을 처리해낼 힘이 있는 것이 바로 고수의 능력입니다. 여기서 말하는 고수란 동물교감에서 얼마나 정보를 잘 읽어오는가 하는 능력만을 얘기하는 것이 아닙니다. 정보를 제대로 읽어오는 작업은 새로운 인식 방법만 계발해도 가능합니다. 그러나 동물교감은 단순한 재능의 문제로 접근할 수 없습니다. 준비가 되어 있지 않다면 기술적인 습득만으로는 감당하지 못할 더 큰 정신 영역에서의 어려움이 생길 수도 있습니다. 다시 한번 강조합니다. 더욱 큰 사람으로 성장하는 노력을 게을리해서는 안 됩니다. 제가 동물교감을 배워 익히려는 사람을 수행자라고 부르는 이유입니다.

어디까지 관여할 것인가?

일반적으로 별문제 없이 건강한 상태의 동물이라도, 우리가 알지 못하는 통증이 있을까 싶어 보디 스캐닝을 의뢰하는 경우도 많습니다. 혹시 놓치고 있는 것은 없는지 말 못하는 고통을 겪고 있는 것은 아닌지 하는 우려는, 우리가 동물의 마음을 적나라하게 보거나 듣지 못하는 이상 늘 따라다니는 걱정일 것입니다. 그때 교감으로 체크한 동물의 몸 상태가 건강한 것 같다는 의견을 전달하면 사람들은 안도합니다. 기쁘고 행복할 것입니다. 동물의 가족들이 행복해하면 그것을 지켜보는 우리도 뿌듯하고 만족스럽습니다. 매우 보람 있는 순간이기도 하지요.

반면 예기치 못했던 불편함이나 차마 전하기 힘들 정도의 고통이 읽혀지기도 하는데 이것은 동물교감을 진행하는 사람으로서 넘어야 할 힘든 순간이기도 합니다. 각자의 가치관에 따라 전달을 할지 말지, 어디까지 얘기해야 할지, 어떻게 전달할지 다양한 방법을 선택하게 됩니다. 어느 것이 맞고 틀리고는 없을 것입니다. 진실한 마음이 전제되어 있다면 전달 범위와 방식은 그 사람의 몫이고, 그러한 성향의 애니멀 커뮤니케이터에게 의뢰한 가족 또한 그들이 원하는 방식이 있을 테니 서로 잘 얘기해서 조율할 수 있을 것입니다.

여기서 제시하는 방법은 그중 저의 의견입니다. 제가 이렇게 하기 때문에 남은 틀렸다고 생각하지는 않습니다. 다만 제가 생각하는 중요한 가치가 있기 때문에 그 범위에서 결정하는 것입니다. 제가 가장 중요하게 여기는 것은 사람과 동물 모두에게 건강하고 행복한 방식입니다. 제 곤란이나 고통은 배제됩니다. 처음에는 이 부분이 다소 힘들었지만 기준이 세워지고 나서는 남들이 생각하는 곤혹스러움도 별문제가 되지 않았습니다. 그래서 동물이 많이 아프고 힘들다면 있는 그대로 전달하고, 어떻게 하면 덜 아프고 더 만족스러운 선택을 할 수 있을지 동물의 생각 또한 그대로 전달합니다. 그리고 이 과정에서 사람 가족들과 충분히 상의합니다. 그들의 생각과 결정을 존중하는 것도 중요하고, 다 같이 행복할 수 있는 방법으로 의견을 좁혀 나가는 것도 중요합니다.

사실 동물교감으로부터 얻은 내용을 전달만 하고 상담을 종료하면 특별히 어려울 게 없겠지만 이는 다소 무책임한 방식이 될 수 있습니다. 내용에 있어서도 별문제가 없는 경우라면 그나마 다행이지요. 그래서 중요한 내용일수록 소통의 시간은 길어질 수밖에 없습니다.

가장 마주하기 힘든 상황은 바로 반려동물을 안락사로 보내야 하는 것과 관련된 문제입니다. 안락사는 더 건강해질 수 있다는 보장이 없을 때, 아무것도 해줄 것이 없을 때 고려하게 되는 최종선택지입니다. 동물병원에서도 안락사에 대한 얘기를 꺼낼 때는 해볼 수 있는 것을 다 해본 뒤일 것입니다. 그만큼 우리 사회에서는 안락사에 대한 논의가 쉽지 않습니다.

가족은 어떤 선택을 해도 후회합니다. 동물의 고통을 지켜보고 있을 수만은 없어서 안락사를 고려하기도 하지만 쉬운 결정은 아니지요. 기적이라도 바라는 마음으로 무언가를 더 해볼 수 있지 않을까 여러 방법을 찾아 나서기도 합니다. 평소 관심을 두지 않았던 동종 요법이나 한방 치료에 대한 자료를 찾아보기도 합니다. 동병상련의 마음으로 온라인으로 정보를 공유하며 서로를 위로하기도 하는데, 어떻게든 사랑하는 대상과 함께 있고 싶은 마음이 크기 때문입니다. 그래서 매우 고통스러운 시간을 보내며 마지막까지 함께하고자 하지만, 결국 동물이 떠나고 나면 그 여린 몸에 아픈 시간을 견디게 했다는 후회가 고통스럽게 밀려옵니다. 반면 안락사라는 이름으로 반려동물을 떠나보냈을 때는 그를 내 손으로 죽였다는 심한 죄책감에 휩싸이기도 합니다.

어떤 것도 결정하기 힘든 상황에서, 우리의 생각과 다를 수 있는 동물의 마음은 어떠한지 듣고 싶어 하는 사람들이 많습니다. 상황 설명만 들어도 너무나 가슴이 아파서 교감으로 들을 이야기들이 두려울 수도 있습니다.

보다 담대해져야 합니다. 거기서 우리의 역할은, 우리의 판단이 아니라 동물의 마음을 제대로 전달하는 것이어야 합니다. 두려움 없이, 가슴 아픈 감정에 사로잡히지 않는다면 그들의 사랑에 충분히 공감하면서도 객관적인 입장을 유지하며 우리의 역할을 해낼 수 있을 것입니다. 교감은 사랑에 공감하는 것을 전제로 객관적인 마음가짐이 아주 중요합니다. 정보를 제대로 수신하기 위한 일차적인 이유도 있지만 어느 한쪽에만 치우치지 않는 균형감각으로 상황을 제대로 판단하기 위함도 있습니다.

동물이, 자신은 준비가 되어 있으니 이제 보내줘도 괜찮다고 한다면, 어쩌면 내가 받은 동물의 메시지로 인해 가족들이 안락사를 선택한다 하더라도 그때는 최선이었음을 모두가 알 것입니다.

그때 가족의 마음을 완벽히 알 수는 없겠지만 충분히 공감하고 함께 아파하며 위로를 보낼 수 있다면 애니멀 커뮤니케이터로서 부족함 없는 역할을 했다고 볼 수 있습니다.

그런데 개인적으로 어떤 경우에도 안락사는 허용할 수 없다는 입장이 완고하다면, 동물로부터 전해오는 마음은 어떻게 전달할 수 있을까요? 개인에 따라 각자 다른 의견을 가질 수는 있지만 여기서 나의 가치를 고집하는 것은 중요하지 않습니다. 그럼에도 사람들은 그들만의 가치에 따라 이런 내용을 전달한 자, 그 내용대로 선택한 자를 비난하기도 하지요. 그 또한 그들의 가치에 따른 판단이지만, 가장 중요한 가치인 동물과 가족들을 사랑으로 연결해주는 역할에 대한 책임은 간과하지 않았으면 합니다.

동물교감에서는 세상에 단 하나뿐인 사랑하는 동물과 마지막 대화를 하는 심정이 된다면 대화 내용은 더욱 깊어지고 풍부해집니다. 그럼에도 아픈 동물을 만났을 때 그것만큼 힘든 일이 없습니다. 말을 잇기 힘들어지겠지만 그럴수록 동물에게 마음을 열고 순간순간 최선을 다해야 할 것입니다. 그 와중에 우리가 '대화'뿐만 아니라 더 해줄 것이 있다면, 바로 힐링 요법이 될 것입니다.

6
레이키(Reiki)

레이키에 대하여

레이키(Reiki)는 영기(靈氣)의 일본식 발음입니다. 신비로운 치유의 에너지를 뜻합니다. 동물교감의 원리는 육안으로는 파악할 수 없지만 진실과 진리의 '제3의 눈'을 뜨고 사는 사람에게는 본능적인 이해가 가능합니다. 레이키 또한 마찬가지입니다. 모든 생명을 존재케 하는 우주 섭리의 원천이라고 할 수 있지요.

레이키는 일본의 우스이 미카오(1865~1926) 선생이 영적 수련 도중 깨달음을 통해 발견한 에너지입니다. 우스이 선생이 발견해서 명명(命名)하기 전에도 레이키는 존재했습니다. 레이키는 누구에게나 열려 있습니다. 예수님의 치유의 기적 또한 레이키로 부를 수 있습니다. 단순히 환자의 몸에 손을 올려놓는 것만으로 더없이 강력한 에너지를 나타내기 때문에 사람들은 기적이라고 부를 수밖에 없을 것입니다.

그러나 잘 살펴보면 우리가 경험하는 수많은 치유의 상황들 또한 기적이라고 할 만큼 놀라운 사례들이 많습니다. 그 사람들이 특별한 능력을 가져서도 아니며 예수나 붓다처럼 깨달은 자도 아닙니다. 레이키라는 단어는 들어본 적도 없는 사람들이 훨씬 많을 것입니다. 우리가 레이키를 알든 모르든 세상과 우리의 내면에 존재하는 치유의 힘은 언제 어디서나 작동됩니다. 레이키와 공명하는 힐러는 그 힘을 보다 적극적으로 자신 또는 타인에게 전해 줄 수 있을 뿐이지요.

레이키는 '마스터'라고 불리는 사람이 '힐러'가 되고자 하는 사람에게 일정 시간의 전수(傳受) 과정을 통해 그 힘을 일깨워주게 됩니다. 우리의 내면에 잠재되어 있는 동물과 교감할 수 있는 소통의 힘을 일깨우는 것이 동물교감 수련의 시작인 것처럼 레이키 역시 내면에 존재하는 치유의 힘을 일깨우는 게 수련의 시작입니다. 레이키 마스터는 힐러 과정을 거친 후 일정 기간 동안의 힐링 실습과 수련을 통해 마스터로서 인정을 받은 사람들입니다. 마스터와 힐러의 관계는 단순히 지식체계를 전달하고 전달받는 데에 머물지 않습니다. 레이키의 기원과 역사에 대해서는 누구나 이야기해 줄 수 있지만 레이키 에너지 자체를 순수하게 전달해주는 마스터는 레이키로 이어지는 스승이라고 말할 수 있습니다. 이 둘의 건강한 공명은 레이키를 전수하는 과정에 있어서 아주 중요합니다. 동물교감에 있어서도 그렇고 인간 세상의 다양한 관계에서도 적용될 수 있는 기본 요소일 것입니다. 건강한 마음과 편안한 신뢰가 없다면 레이키 에너지 자체가 순수하게 전수될 리 만무합니다.

레이키 마스터는 힐러가 되고자 하는 사람에게 에너지를 전수해 주지만, 레이키는 마스터 본인이 가공한 어떤 에너지가 아닙니다. 우리의 관여가 있든 없든 레이키는 레이키 자체로 순수하게 존재합니다. 그럼에도 스승의 역할이 중요한 이유는 레이키는 사람의 몸과 의식을 거쳐 타인에게 전달되기 때문입니다. 동물교감에 있어서도 스스로의 건강한 몸과 마음의 상태를 강조했는데, 바른 수준에서의 안목이 잘 갖추어져 있다면 여러분에게 레이키를 전수해줄 수 있는 사람 또한 여러분과 안정적으로 공명하게 될 것입니다. 안정적인 공명은 여러분에게 편안한 인식과 선택의 시간을 허용하게 됩니다.

레이키는 기본적으로 인간을 구성하는 세 가지 요건인 육체, 정신, 혼 모두에 작용하는 힐링 요법이라고 말할 수 있습니다. 레이키와 공명하는 전도체인 힐러를 통해 전달되는 에너지가 환자에게 가 닿음으로써 치유를 불러옵니다. 그것은 직접 대면하든 원격이든 어떤 경우에도 가능합니다.

사실 동물교감과 레이키는 전혀 별개의 과정입니다. 동물교감에 관심이 있어도 레이키라는 단어가 생소할 수 있고, 레이키를 다루는 사람이라 하더라도 동물교감의 세계에 대한 이해가 어려울 수 있습니다. 목적 자체도 달라 보입니다. 동물교감의 목적이 동물과의 소통 능력을 확장하는 것이라면 레이키 요법의 목적은 세상에 힐링 에너지를 전달해주는 데에 있습니다. 그러나 크게 보자면, 동물교감을 통해 동물과 가족들이 서로 이해하고 더욱 사랑하게 되는 것도 일종의 치유라고 할 수 있습니다. 그를 통해 우리가 경험하는 세상이 더 넓어지는 것 또한 치유를 통한 성장이지요. 다른 분야로 보이지만 결국 우리가 나아가야 할 길은 치유와 사랑, 영혼의 성장을 통한 하나됨일 것입니다.

명상이 삶의 궁극이 될 수도 있지만 동물교감에 관심이 있는 우리는 명상을 현실적인 도구로 응용할 수 있는 법을 배웠습니다. 레이키 또한 일차적으로는 동물교감을 원활하게 해주는 훌륭한 도구가 될 수 있습니다. 반려동물과 함께하는 동안 그들의 몸과 마음을 살필 수 있다는 것이 우리들의 가장 큰 관심사일 것입니다. 그런 면에서 애니멀 커뮤니케이터로서의 역량은 더욱 넓어지고 커질 수 있습니다. 몸이나 마음이 아픈 동물의 경우, 교감을 진행하면서 대상의 상태만 파악하고 끝내는 것이 아니라 힐링까지 해줄 수 있기 때문입니다. 힐링 에너지가 우리 자신의 에고의 범벅이 아닌 순수한 상태로 흐른다면 동물이 얻게 되는 심리적인 위안이나 몸의 평온함은, 대화를 이어가며 진행할 수 있는 공감과는 또 다른 실질적인 도움이 됩니다.

동물교감에 있어서 레이키 힐링은 동물의 보디 스캐닝을 통해 에너지를 점검한 후에 진행하는 것이 일반적입니다. 몸의 어느 부위가 불편하게 느껴진다면 그곳에 건강한 에너지가 흐르도록 원격으로 힐링을 진행합니다. 힐링을 하는 방법은 다양하지만, 원격으로 할 때는 동물이 앞에 있다는 심상화를 한 후에 동물의 이마에 상징을 그리고 진언(眞言)을 외웁니다. 그리고 손바닥으로 동물의 정수리를 통해 레이키가 흘러가도록 합니다. 어떤 특별한 동작을 하는 것도 아니고 특별한 마음가짐이 필요한 것도 아닙니다. 그저 편안하게 우리와 연결된 레이키는 그것이 필요한 곳에 가 닿게 된다는 믿음으로 잔잔히 흐르도록 합니다. 그때 힐링을 받는 동물의 몸을 통해 즉각적인 치유 효과가 나타나기도 합니다.

그렇다고 레이키를 만병통치약으로 여겨서는 안 됩니다. 모든 상황에서 절대적인 힐링의 힘을 가진 에너지라고 할 수는 없기 때문입니다. 레이키 자체가 불완전해서가 아니라 우리의 의도와는 관계없이 모든 생명은 고통을 통해서도 성장할 수 있는 존재이기 때문입니다. 우리가 관여할 수 있는 범위는 우리가 쉽게 파악할 수 없는, 간단히 설명될 수 없는 일입니다.

레이키의 단계별 이해

레이키의 전수는 4단계로 나눠볼 수 있습니다. 1단계부터 3단계까지는 실질적인 힐러를 위한 과정이고 마지막 4단계는 마스터로 인정을 받기 위한 수련 과정입니다. 여기서의 설명만으로 여러분에게 레이키가 전수되는 것은 아닙니다. 전수 과정은 특별한 의식 절차와도 같으며 그 절차는 레이키 마스터가 알아야 할 내용이므로 여기에서는 따로 언급하지 않겠습니다. 힐러가 되는 과정, 레이키의 각 단계는 어떤 특성이 있는지, 그것이 동물교감 상황에서 또는 여러분의 반려동물에게 어떤 도움을 줄 수 있는지 등등을 설명하겠습니다.

제1단계에서는 여러분의 몸이 레이키 에너지의 전도체가 되도록 회로를 열어주게 됩니다. 그것을 전수 또는 어튠먼트(Attunement)

라고 부릅니다. '회로를 여는 일'이라고 표현했지만, 우리에게 잠재되어 있는 치유의 에너지를 다시금 불러일으키게 되면 우리의 몸은 레이키와 늘 공명하는 상태로 깨어있게 됩니다. 이것이 제1단계에서 이루어지는 4회의 어튠먼트를 통해 일어나는 변화입니다. 어튠먼트에서 참여자는 편안한 상태로 앉아 있기만 하면 됩니다. 그러면 마스터가 참여자의 몸 몇 군데 주요한 포인트 접촉을 통해 레이키 에너지를 연결해주는 의식을 하게 됩니다.

참여자가 느끼는 반응도 다양합니다. 기감이 예민한 사람들은 빛의 형태로 자신의 몸에 쏟아지고 있는 레이키를 느끼기도 하고, 강렬한 진동이 손바닥을 통해 느껴진다고도 합니다. 눈을 감고 있지만 보랏빛 에너지가 일렁이는 것이 계속 보인다고도 하고, 자신의 수많은 삶이 빠르게 책장을 넘기듯 스쳐간다고도 합니다. 하지만 전수를 받을 당시 어떤 느낌이 전해올까 기대할 필요도 없고, 설령 아무 느낌이 없다 하더라도 걱정할 일은 아닙니다. 우리가 느끼거나 느끼지 않거나 느끼지 못하거나 레이키는 흐른다는 것이 건강하게 이어진 어튠먼트 관계에서의 정설입니다.

제1단계는 전체 어튠먼트 중 준비 과정이라고 볼 수 있는데, 준비 단계라고는 해도 전수 시간은 가장 깁니다. 비유하자면 새로운 삶을 시작하고자 하는 사람이 새로운 공간을 깨끗이 청소하고 마음의 준비까지 마무리하는 과정이라고 할 수 있습니다. 레이키 전반에 대해 이해하고 힐러로서 주의해야 할 일 등을 습득하며, 레이키 에너지의 전도체가 된 후 본격적으로 적재적소에 활용될 수 있는 상징과 진언을 전수받기 위해서입니다. 이 과정이 원활하게 진행되었다면 제2단계로 넘어가는 것에 무리가 없습니다.

제2단계는 그동안 막연하게 생각했던 레이키 에너지가 구체화되는 과정입니다. 총 3회의 어튠먼트가 이루어지고, 각 회마다 육체, 정신, 혼에 작용하는 세 종류의 상징과 진언까지 전수합니다. 육체는 우리의 육신을 포함해 주변의 물질세계를 일컫습니다. 그곳을 치유할 수 있는 강한 힐링 상징이 전수됩니다. 초쿠레이(Chokurei)로 불리는 첫 번째 상징은 아마도 가장 많이 사용하는 아주 유용한 도구가 될 것입니다. 초쿠레이는 동물과 식물, 사물이나 기계에 이르기까지 형체가 있는 물질세계 모두에 작용하는 강력한 상징으로 우리 몸이 불편하거나 반려동물이 아플 경우 빠른 치유를 기대할 수 있습니다. 이 상징은 에너지를 정화하거나 강화하고 안정시키는 데에도 쓰입니다. 초쿠레이를 이용해 반려동물의 몸에 레이키를 연결해주면 대체로 편안하고 따뜻한 이완감을 느끼게 됩니다.

정신에 작용하는 두 번째 상징은 세이헤이키(Seiheiki)로 불립니다.

이 상징은 감정 등 형체가 없는 것에 초점이 맞춰져 있습니다. 균형의 회복과 조화의 에너지라고 볼 수 있으며 정신요법, 감정요법에 주로 쓰입니다. 우리를 포함한 모든 생명의 정서를 다루기 때문에 반려동물의 몸에 겉으로 나타나지 않는 문제의 치유에 도움이 될 수 있습니다. 초쿠레이가 단독으로도 많은 곳에 쓰일 수 있는 반면, 세이헤이키는 단독으로 사용하지는 못하고 초쿠레이와 짝을 지어 사용해야 합니다.

세 번째 상징은 혼에 작용하는 것으로 혼샤제쇼넨(Honshazeshonen)으로 불립니다. 본자시정념(本者是正念)의 일본식 발음입니다. 혼샤제쇼넨은 시간과 공간을 초월하는 힘을 가진 상징입니다. 시공간을 초월하기 때문에 의식을 원격지에 맞춰 진행하는 원격 힐링에 필요합니다. 또한 과거, 미래에 접속해 그곳에 있는 문제를 다루기도 합니다.

제2단계에서 중요한 세 가지 상징과 진언을 전수받은 후 다음 단계로 넘어갑니다. 보통은 각 단계별로 전수 날짜에 차이를 두는데, 이미 전수받은 과정을 셀프 힐링이나 타인 힐링, 반려동물 힐링 등에 응용하는 시간을 가져보기 위함입니다. 하지만 다음 단계로 넘어가는 데 있어서 일률적인 적절한 시간이란 없습니다. 참여자마다 다르게 느낄 수 있기 때문에 그들의 마음가짐이나 컨

제1상징_초쿠레이(Chokurei)

제2상징_세이헤이키(Seiheiki)

6. 레이키(Reiki)

제3상징_혼샤제쇼넨(Honshazeshonen)

제4상징_다이코묘(Daikomyo)

디션에 따라 조절하는 것이 좋습니다.

또한 레이키는 흔히 '근육'에 비유되곤 합니다. 사용하면 할수록 에너지가 강화된다고 보기 때문입니다. 이는 힐러로서 모든 어튠먼트 과정을 마친 후에도 마찬가지로 적용됩니다. 마스터가 된 이후에도 언제 어디서건 모든 대상에게 힐링 에너지를 보내줄 수 있다는 사실을 잊지 않는다면 우리의 삶은 주어진 형태에서나마 최선으로 이어질 수 있을 것입니다.

제3단계에서는 앞의 세 가지 상징을 모두 포함한 다이코묘(Daikomyo)가 총 3회 전수됩니다. 다이코묘는 대광명(大光明)의 일본식 발음입니다. 다이코묘는 '궁극의 깨달음의 상태' 등을 의미하며 그 에너지와 이어질 수 있게 하는 상징입니다. 다른 세 상징과 아울러 사용함으로써 각각에 빛의 요소가 보태집니다.

상징	성질	표상	영향	특징
제1상징	파워	지구	육체	물질적인 것 모두에 작용 에너지의 충전, 강화, 정화
제2상징	사랑	달	정신	정신, 감정에 작용 정신, 신경의 균형
제3상징	광명	태양	혼	시간과 공간을 초월 카르마의 해소, 빛과의 합일
제4상징	자비로운 광명	우주	제1, 제2, 제3 상징의 모든 성질을 포함	

이 상징들과 진언을 쓰면서 각 상황에 맞게 힐링을 진행하는 법을 배우는 것 또한 힐러 과정에 포함되어 있습니다. 특히 동물교감과 레이키를 함께 익히고자 하는 사람이라면 힐링요법의 폭이 인간의 신체건강 이상으로 넓어지는 것을 확인할 수 있습니다. 그들은 좀 더 이타적인 마음으로 세상을 건강하고 풍요롭게 하는 데에 초점을 맞추고 있습니다. 어떤 사람들은 세계지도를 펼쳐놓고 그 위에 힐링을 해보기도 합니다. 종이 위에 그려진 단순한 그림이 아니라 세상보다 더 커진 마음이 보내고 있는 힐링의 시간이기도 합니다.

마지막으로 제4단계에서는 마스터로서 인정받기 위해 개별적인 힐링 실습을 해보게 될 것입니다. 마스터가 된다고 해서 특별한 권능이 부여되는 것은 아니며, 마스터로 인정받는다 해도 항상 힐러보다 뛰어난 능력을 가졌다고 얘기할 수 없습니다. 차이점은, 힐러로서 충분하다고 느끼고 전수받은 상징과 진언을 아낌없이 쓰느냐 혹은 다른 사람에게 전수를 해줄 수 있는 자격자로 범위를 확장할 것이냐에 있습니다. 만약 마스터로 인정을 받았다고 해도 이후 레이키에 대한 활용도가 적다면, 세상 만물에 정성스러운 마음을 내어 늘 힐링을 해보는 힐러보다 낫다고 얘기할 수 없을 것입니다. 그러니 마스터는 힐러를 양성하고 인도해가야 할

위치라는 점에서는 특별하지만 힐러 과정만 참여해도 일반적으로는 충분할 것이라 생각합니다.

반려동물 원격 힐링 사례

동물교감에서의 보디 스캐닝이나 힐링은 애니멀 커뮤니케이터의 역할 범위가 아니라고 말하는 사람들도 있습니다. 보디 스캐닝이나 힐링을 의료장비나 수의학적 경험을 동원한 의료행위라고 보기 때문에 동물교감 기법에 대해 배우면서도 의식적으로 제외하는 경우도 있습니다. 그러나 저는 보디 스캐닝과 힐링이 필요하다는 입장입니다. 우리가 할 수 있는 영역은 의료행위와는 전혀 다른 차원에서 진행되며, 또한 물리적인 방법을 쓰거나 실제 약을 처방하여 쓰지 않는 에너지 작업입니다. 어떤 사람들에게는 폄훼되기도 하지만 실제로는 도움받는 사람들이 너무나 많아서 할 수 있다면 다각도로 최선을 다하는 것이 좋겠다는 생각이지요. 더구나 레이키 힐링 요법은 반려동물 힐링을 제외한 다른 대상에게도 얼마든지 폭넓게 이용할 수 있는 도구라는 점에서 제 영역에서는 매우 만족하고 있습니다.

동물교감을 진행하다 보면 몸이든 마음이든, 가볍거나 심각하거나 어느 쪽으로든 문제를 안고 있는 경우가 상당히 많습니다. 그들에게 질문을 던지고 답변만 받는 식이 아니라면 우리의 따뜻한 개입이 더욱 적극적인 치유를 불러온다는 점에서 상당히 고무적인 일이라 할 수 있습니다.

실제 힐링 사례를 하나 소개할까 합니다. '달군이'라는 강아지에 관한 이야기로, 당시 임시보호자였던 의뢰인의 설명입니다.

"달군이는 엄청난 학대를 받고 안구돌출, 목 부위 자상(刺傷), 탈수, 기절 상태로 구조자의 가게 앞에 버려진 아이입니다. 치료 후 기적적으로 살아나 구조자가 운영하는 펫숍에서 살게 되었습니다. 그곳에서 케이지 문을 열어놔도 아무런 움직임이 없고 물도 밥도 안 먹었다고 합니다. 임시보호해 줄 사람을 찾다가 저에게 오게 되었어요. 다행히 우리 집에 온 후에는 원래 키우던 딸래미들(강아지들)에게는 관심을 보였어요. 그러나 몇 초 정도를 제외하면 아무런 움직임이 없었고 물도 안 먹었습니다. 간식은 그전에도 한 번도 먹은 적이 없었다 하는데, 우리 집에서도 마찬가지입니다. 주변에 아무도 없어야 밥을 먹고, 물도 폭풍 흡입합니다. 몸에 손을 대면 소스라치게 놀라고, 늘 온몸에 힘이 들어가 있습니다. 안아주거나 하면 그 자세로 완전히 굳어서 절대 움직이지 않습니다."

상황 설명만 들어도 너무나도 안타까웠습니다. 힐링의 시작은 달군이라는 생명에 대한 사랑이며, 이는 인간과 동물의 구분을 벗어난 모든 생명에 대한 존중에 기인합니다. 달군이가 이러한 삶을 살게 된 원인이나 우리가 어디까지 관여할 수 있는지의 문제는 차치하더라도 소중한 생명에 대해 사랑을 느끼는 사람이라면 누구든지 레이키로 연결할 수 있습니다. 그리하여 달군이에 대해 원격 힐링을 시작했습니다. 첫날이라 시간적인 간격을 두고 총 2회 힐링을 진행했는데, 그날 저녁 임시보호자의 메시지를 받았습니다.

"오늘 달군이가 장난감을 물었어요! 이게 웬일인지… 물고 놀려고 하더라고요. 달군이가 뭔가 느끼는 것 같아요. 장난감에 관심을 보여서 정말 깜짝 놀랐어요. 겨우 20초가량이었지만 한 달 가까이 달군이를 지켜본 우리로서는 깜짝 놀랄 만한 변화였어요."

그리고 달군이의 사연을 공유하게 된 다른 학생 두 명도 저와 함께 레이키 힐링을 진행했습니다. 이러한 내용은 동물교감이나 힐링을 요청한 반려인에게도 충분히 설명했습니다. 달군이의 경우, 임시보호자도 감사하다는 반응을 보임으로써 우리의 마음에 힘이 되어주었습니다. 이후에 받은 메시지입니다.

"오늘 자고 일어나 보니 달군이가 침대 위에 일곱여 개의 장난감을 물어다 놓고 놀고 있었어요. 절 보자마자 멈췄지만요. 발코니에 나가서 배변하는 것도 이젠 조금 유연해졌어요. 힐링 덕분에 하루하루 달라지는 달군이를 보면서 '이게 기적이지 뭐가 기적이야'라는 생각이 든답니다. 오늘은 짖기도 했어요. 짖었다구요! 늘 숨소리도 안 들리도록 조용하던 애가 짖었어요. 몸이 경직되던 것도 조금 나아졌어요. 진짜 얼마나 놀라운 일인지 아세요? 한 달 가까이 케이지 안 방석에 앉은 채 제가 꺼내줄 때까지 자세도 안 바꾸던 애였어요. 그런 애가 방을 난장판으로 만들어놨어요. 달군이를 구조했던 분도 사진을 보여줘야 믿을 정도예요. 다리 사이로 꼬리를 내린 채

배변이나 소변을 보던 애가 오늘은 마킹도 쫙쫙! 하루하루 기적이에요. 제 소식을 들은 봉사자들도 다들 놀라워하고 계세요. 그런 방법도 있구나 하고⋯ 힐링 얘길 듣고 우는 분까지 있었어요. 정말 감동을 받았다고 합니다."

한 달 넘게 몸을 풀지 않고 있던 강아지가 몇 차례 힐링을 받고 나날이 큰 변화를 보여서 임시보호자는 적잖이 놀라워했습니다. 사실 힐러에게 특별한 능력이 있어서가 아니라 레이키 자체의 힘이겠지만, 감사하다는 인사를 받으면 힐러도 큰 보람을 느끼곤 하지요. 셋째 날도 넷째 날도 임시보호자에게는 놀라움의 연속이었습니다.

"너무 기뻐서 아침부터 알려드려요. 달군이가 산책을 했어요! 비록 달자[9]가 앞서 달려가니까 따라가는 정도였지만 제가 지켜준다고 생각했는지 산책을 다녀와서는 침대에 올라왔어요! 지금은 제 옆에서 잠들었어요. 제 옆에서! 방석을 절대 떠나지 않고 시체 같다고 말했던 거 기억하시나요? 그런

---

9) 임시보호자의 반려강아지 이름

애가 지금 제 옆에서 잠을 자요. 진짜 이럴 수가 있나요? 힐링이 정말 엄청난 것 같아요. 이렇게 되고 보니 달군이랑 교감하는 날이 더 기다려져요. 대화 내용이 바뀔 것 같아요. 아주 밝은 대화로….”

“달군이가 두 번째 산책을 했어요. 근데 밖에만 나가면 얘는, 그분이 빙의되는 것 같아요. 이제 막 달려 나가기도 하고 꼬리도 들고 다녀요! 오늘은 산책하는데 ‘그만 가자, 이리 와’를 알아듣는 것 같았어요. 거의 1미터를 유지하긴 하는데 달자 없이도 산책이 가능할 것처럼 보이더라고요. 집에 와서는 침대 위에 올라와 개껌도 씹었어요. 달래랑 달자 보고 놀자고 궁둥이 쳐들고 앞발로 깡총질도 해요. 하루하루 정말 달라지고 있어요. 감사합니다.”

“달군이는 정말 씩씩해졌어요! 어제는 뒹굴뒹굴도 했어요. 장난감 하나를 사망시켰고, 밥도 잘 먹고 잘 놀아요. 미친 듯이 달라지고 있어요. 이젠 산책 때 말고 평소에도 살짝 그분이 오시는 것 같아요. 집 안에서도 막 돌아다니고, 저한테도 경계는 거의 안 하는 정도예요. 아까는 부르니까 오더라고요.

산책을 나가면 제가 케어하기에 너무 힘이 넘치고, 침대에는 신발까지 물어다 놨어요. 빨래통도 물어서 올려놓고… 호기심이 아주 많은 것 같아요. 절 보는 눈빛이 많이 달라졌어요. 혹시 힐링 말고도 최면을 거신 게 아닌가 하는 생각도 했답니다. 처음엔 솔직히 '힐링이 뭐야?' 하면서 긴가민가했고 '어쨌든 이것저것 해볼 수 있는 게 있으면 다 해봐야지' 하는 정도였는데, 힐링 진행해주신다는 말씀에 놀라고, 다음 날 아이 반응에 더 놀라고, 요 며칠 저에겐 놀람의 연속이네요."

사실 힐링이라는 행위보다 더 큰 노력은 임시보호자의 사랑과 정성이었습니다. 학대받고, 버려지고, 마음에 씻을 수 없는 상처를 입은 달군이에게 손을 내밀어준 그 사랑이야말로 힐링의 시작이며 레이키 힐링이라는 이름으로 진행한 시간들은 거기에 손 하나 더 잡아준 정도의 노력이었을 것입니다.

동물들은 사람보다 레이키를 더 잘 흡수하는 경향이 있습니다. 특별한 경우-아무런 문제가 없거나 죽음을 앞둔 경우-를 제외하고는 대체로 레이키를 긍정적으로 받아들이는 모습을 볼 수 있습니다. 사람에게 힐링을 할 때보다 시간은 더 짧지만 그들의 마음이 레이키에 더 열려있기 때문에 효과는 더욱 커 보이기도 합니다.

이후 달군이와 진행한 교감은 어땠을까요? 만약 힐링의 시간 없이 마음의 문을 꼭 닫은 달군이에게 노크를 하며 대화를 시도했다면 교감은 한계가 있었을 것입니다. 대화를 진행하는 사람도 힘이 들었을 것이고 달군이도 잔뜩 긴장했을 수 있겠지요. 그러나 따뜻한 사랑의 힘이 달군이의 마음을 어루만져주고 그의 편에 선 사람들이 많다는 것을 확인한 달군이는 어느 누구보다 건강한 강아지로 새로운 삶을 살게 되었습니다. 레이키와 달군이가 건강하게 공명할 수 있었던 것입니다.

레이키에 대한 몇 가지 오해

레이키는 누구나 배울 수 있다고 말합니다. 실제로 저와 관련한 많은 학생이 동물교감과 함께 레이키 수련에 참여하고자 합니다. 체계화된 코스를 통해 전수를 받으면 그들 모두 레이키 에너지를 손쉽게 응용할 수 있을 것이라는 믿음이 있습니다. 특히 동물교감을 이해하고 수련하는 기나긴 과정에 비한다면 레이키를 전수받아 실생활에 응용하는 일은 즉각적인 효과를 볼 수 있는 무궁무진한 분야라고 할 수 있습니다. 심지어 전수받은 그날 당장 집으로 돌아가 기다리고 있던 반려동물에게 힐링 에너지를 전해줄 수 있으니 이만큼 빠르고 쉬운 일이 없을 것입니다.

이러한 믿음은 어느 정도 사실에 기반을 둔 것입니다. 물론 기본적인 이론은 그렇지만 실제로 사람들이 이해하고 경험하는 수준은 각기 다를 수밖에 없습니다. 달리 말하자면, 레이키는 자신의 에고로부터 어느 정도 영향을 받습니다. 레이키 에너지 자체는 순수하지만 순수하게 공명될 수 있을 만큼 자신의 지혜가 커지지 않는다면 레이키를 제대로 발현시키지 못할 수도 있다는 얘기입니다.

레이키는 힐러를 통해 연결되는 것이기 때문에 힐러의 의식 수준이 중요합니다. 그렇지 않다면 힐러라는 중간 과정이 필요하지 않을 것입니다. 이러한 점에 비춰봐도 전달되는 레이키 에너지는 힐러의 의식 수준에 영향을 받는다고 말할 수 있습니다. 마치 수돗물이 아무리 맑아도 수도관에 녹이 슬었다면 그 물은 오염될 수 있으며 극단적으로 물을 마시는 사람에게 해가 될 수도 있는 것과 비슷합니다.

그런데도 사람들은 레이키 에너지에 대한 과신(過信)을 하는 경우가 적지 않습니다. 힐러의 의식과 무관한 레이키의 신비롭고 강력한 힘이 모든 문제를 치유하는 것은 아닙니다. 따라서 항상 우리 자신을 점검해야 합니다. 레이키 명상인 발영법(發靈法)의 오계(五戒)는 자기 자신에 대한 점검이라는 점에서 중요합니다. 레이키의 오계는 다음과 같습니다.

1. 오늘만은 화를 내지 않겠습니다.

2. 오늘만은 걱정을 하지 않겠습니다.

3. 내가 받은 축복에 감사하겠습니다.

4. 하는 일에 성실하게 임하겠습니다.

5. 모든 사람과 생명에게 친절하게 대하겠습니다.

이 다섯 가지 계율은 레이키 힐러의 지침으로 사용하기 위해 만든 것입니다. 몸과 마음은 다르지 않으며, 마음이 건강하면 힐러 자신의 몸도 정화됩니다. 타인과 세상을 힐링하는 힐러에게 꼭 필요한 기본 요소입니다.

세상에는 우리가 얘기하는 순수한 레이키 외에도 서로 다른 에너지 형태들이 존재합니다. 때로는 낮은 에너지들도 일시적으로 힐링 효과를 불러오는 것처럼 보일 수 있습니다. 그러나 개인의 의식이 레이키와 공명하기 힘든 정도의 수준에 머물러 있다면 순수한 힐러가 될 수 없습니다.

또 한 가지 중요한 것은, 힐링 결과에 결코 집착해서는 안 된다는 점입니다. 힐링은 좋은 결과를 얻어내는 게 목적이 아닙니다. 아이러니하게 느껴지겠지만 힐러의 역할은 특정 증상을 완화시키는 게 아니라 레이키 에너지 자체를 가장 순수하게 연결하는 것

뿐입니다. 그렇기 때문에 힐러는 레이키가 흐르도록 두고, 눈에 띄는 결과나 증상 완화 등에 대해서는 집착하지 말아야 합니다. 환자가 겪고 있는 어려움이나 질병은 물리적 증상을 넘어선 어떤 의미가 있을 수 있습니다. 진정한 힐링은 단순히 물리적 증상을 제거하는 것을 의미하지 않습니다. 힐러가 깨달아야 할 부분입니다. 안타깝지만 많은 경우 생명체로서 겪고 있는 어려움들은 카르마(Karma, 業)의 결과이기도 합니다. 그 카르마가 환자의 수준에서 온전히 해소되지 않은 경우, 힐러가 개입되어 치유를 시도했다 하더라도 진정으로 치유되는 게 아닐 것입니다.

반대로 힐러가 순수한 의도를 갖고 있지 않을 때는 환자로부터 카르마나 부정적인 에너지를 떠안게 되는 수도 있습니다. 레이키를 전수받고도 전혀 사용하지 않는 사람에 비하면 나름의 노력을 해본다는 점에서 높게 평가할 만하지만, 세속적인 욕심에 기인한 어떤 시도를 하면 이런 어려움을 겪게 될 수 있습니다. 결과적으로 그들은 자신의 무리한 욕심을 깨우치게 됨으로써 그 부정성으로부터 해방되는 것 같습니다. 일시적일 수도 있지만 대체로 레이키 수련 과정에서 경험을 통해 깨닫는 중요한 공부가 되어주기도 합니다.

따라서 세상을 치유하는 데 소중한 통로가 되고 싶은 사람이라면 혜안(慧眼)과 무아(無我)의 자세가 필요합니다. 나의 욕심만으로 힐러가 될 수는 없습니다. 바른 눈을 지닌 사람에게는 힐러로서의 길이 자연스럽게 열릴 것이며, 그것이 그들의 소명일 것입니다. 그 소명을 깨달은 진정한 힐러가 되기 위해 우리 안의 지고한 신적 존재와 하나됨을 확장시키는 일에 중요성을 부여해야 합니다. 레이키 어튠먼트를 통해 힐러가 되는 것은 간단해 보이지만 힐러 자신의 아무런 노력 없이 특별한 능력이 주어진다고 생각하지 말아야 합니다. 세상을 치유하고자 하는 바른 마음으로 힐링이라는 행위를 하지만, 그 행위의 결과는 신(神)으로부터 온 레이키이므로 나의 뜻이 아닌 신의 뜻대로 가 닿을 것이라는 믿음이 있어야 합니다. 결국 그 믿음조차, 있으면서 없어지는 공(空)의 상태에 머물 수 있을 때 진실한 힐러이자 진정한 힐링이라고 말할 수 있습니다.

7

영혼교감

우리가 사랑했던 동물들은 어디로 갈까?

사랑하는 반려동물을 떠나보낸 사람의 마음이 되어본 적이 있습니까? 어떤 사람에게는 기껏 개 한 마리, 고양이 하나 죽은 일에 불과하지만 우리 곁으로 온 반려동물은 이미 가족이며 가족을 잃은 슬픔과 상실감은 어떤 고통에 비할 바가 아닙니다. 그가 동물이라고 해서 다른 가치로 쉽게 대체될 수 있는 것도 아닙니다. 우리에게 있어서 반려동물은 오히려 모진 말과 행동으로 서로 할퀴는 인간관계보다 훨씬 포근하고 위안이 되는 '사랑'이었습니다. 사랑 아닌 것은 어떤 것도 존재하지 않는 숭고한 인연이었습니다. 우리가 그토록 사랑했던 동물들은 육신을 벗고 나면 어디로 갈까요? 그곳이 어떤 곳인지 알 수 없어 더욱 아픕니다. 알 수 없는 그 어딘가로 떠나버린 그 따뜻한 생명이 한없이 그리워집니다. 떠나고 나면 못다 한 말들이 왜 그토록 많았는지, 함께 있을 때 더 잘 해주지 못한 것들은 왜 또 그리 많은지… 한없이 미안하고 고맙고 사랑하는 마음뿐입니다. 미안해, 고마워, 사랑해… 이 말밖에는 도무지 떠오르지 않습니다. 사랑하는 그들을 떠나보낸 후에야 사무치게 아파 옵니다. 가장 알고 싶은 것은 목숨보다 더 사랑하는 그 존재가 머무는 곳이며, 어디에서든 잘 있다면 그나마 안도할 수 있을 것 같습니다.

동물과의 대화에서 가장 먼저 만나고 싶은 대상이 우리 곁을 떠난 강아지 또는 고양이라면 교감을 배우고 익히는 모든 과정이 그렇게 절실할 수가 없겠지요. 그러나 열망이 깊을수록 마음은 더 동요하고, 마음에 풍랑이 이니 그 사랑은 손에 잡힐 듯 더 멀어지는 안타까움에 사로잡히기도 합니다. 세월이 흐른다고 엷어질 수 없는 그 사랑은, 우리 인연의 이유를 깨달은 후에야 비로소 편안해집니다.

동물교감을 하면서 만난 무수한 동물들의 이름과 그 가족들의 사연이 다 생각나지는 않지만, 그들이 삶이라는 연습장을 통해 배워야 하는 무언가가 있다는 것은 확실해 보입니다. 그것을 진정 받아들일 수 있을 때 그 생명은 하나의 동물에 불과한 존재가 아니게 되고, 우리의 사랑은 더욱 크게 승화됩니다.

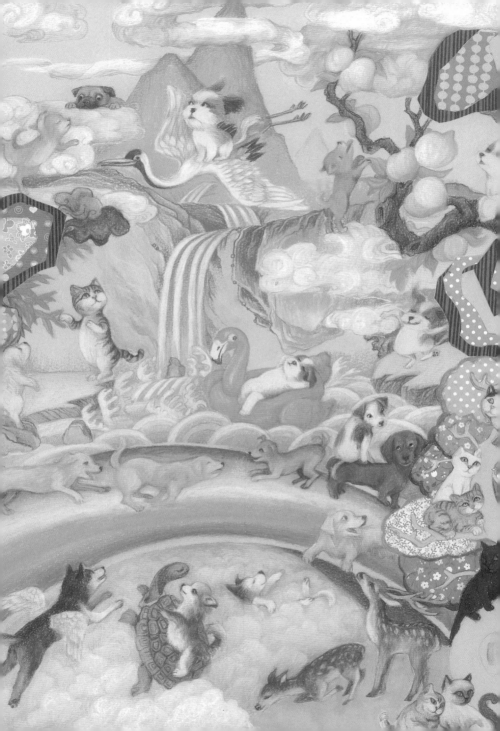

사람을 대신해 만난 동물들의 영혼은 각기 다른 여행을 하며 각기 다른 소명으로 이 땅에 왔었노라 이야기합니다. 그 이야기를 듣게 되면 커다란 삶의 이치를 발견하게 되지요. 살아있을 때는 인간에 의해 분류된 동물의 종류가, 단지 영혼을 둘러싼 하나의 외투에 불과함도 알게 되었습니다. 무거운 옷을 벗고 떠난 그들의 영혼은 한없이 밝고 아름답고, 우리에게 소중한 무언가를 가르쳐준 스승이었다는 점도 놀라웠습니다.

동물과의 영혼교감은 살아있는 동물을 만나는 것과 크게 다르지 않습니다. 오히려 육신을 입은 존재로서의 에고가 사라져 더욱 순수한 모습으로 만날 수 있습니다. 세상에는 수많은 생명들이 나고 지고, 오고 갑니다. 그 모든 영혼과 만날 수는 없기 때문에 우리가 알지 못하는 '무지개다리 너머의 세상'에 대해서도 결론을 내릴 수 없습니다. 그 여행길을 친히 보여준 동물들의 영혼이 있어 그쪽 세상을 조금이나마 가늠해볼 수 있는 것이 전부입니다.

대부분의 종교는 삶 이후의 세계에 대해서도 가르침이나 교리를 가지고 있습니다. 이 삶을 얻게 된 이유와 마찬가지로 한 생명이 하나의 삶을 끝내게 되면 언제, 어떻게, 어느 물리적 세계를 선택해서 갈지 결정을 하게 된다고도 합니다. 그리고 선택한 삶을 통해 배워야 할 일이 있다고도 말하지요. 그렇다면 어떻게 다시 태어날지에 대한 결정은, 이 삶에서 적절한 교훈을 얻고 성장할 수 있도록 하는 최적의 선택이 될 것입니다. 그런 면에서 인간인 우리의 삶과 우리 곁으로 온 반려동물의 삶은 달라 보이지만 결코 다를 수 없는 동등한 영혼이라는 점을 알 수 있습니다.

우리가 지금의 삶 이전의 삶을 기억하지 못하듯 동물들도 살아있을 때는 마찬가지인 것처럼 보입니다. 그러나 하나의 여정을 마치고 돌아간 그곳에는 원래의 목적을 설정했던 기억이 있고, 우리는 다시 그 자체로 존재하게 됩니다. 따라서 함께 있을 때는 알지 못했던 수많은 이유들이, 그곳으로 돌아간 동물들의 영혼을 만나 이야기를 나눔으로써 어느 정도 명백하게 보이기도 합니다. 그리고 우리가 겪었던 수많은 운명 같은 일들도 인연대로 펼쳐졌다는 것도 알게 됩니다.

동물의 영혼이 머무는 곳, 휴식하는 곳, 배우는 곳 등등은 실로 다양해 보입니다. 대체로 이 삶에서의 고단한 여정으로 인해 영혼도 치유의 시간을 갖는 것으로 보입니다. 그 시간이 어느 정도가 될지는 알 수 없습니다. 다음 여정 또한 고단할 것이라면 마음의 준비 기간이 조금 더 길어질 수도 있겠지요. 많은 경우 우리가 영혼교감을 통해 만나는 영혼은, 그러한 곳에서 휴식하거나 다음

길을 준비하는 모습으로 느껴질 확률이 높습니다. 반려동물이 떠나고 그 슬픔에 사로잡혀 아무것도 할 수 없는 사람들이 많은데, 그들의 요청으로 동물의 이름을 불렀을 때는 시기적으로 다음 삶에 이미 뛰어든 경우는 많지 않았으니까요. 그렇다고 환생의 시기가 일률적으로 적용되지는 않는 것 같습니다. 이 또한 많은 사람들의 간접 경험과 의견이 다른 부분이기도 합니다.

그리고 천국과 지옥처럼 명백하게 나뉜 어떤 세상이 존재하는 것 같지는 않습니다. 마음이 천국이면 그들은 천국에 있는 것이며 마음이 고달프면 그곳은 지옥이 됩니다. 그것은 죽음 이후의 세계나 우리가 살고 있는 이 삶이 다르지 않아 보입니다. 따라서 살아있는 동안 어떤 언행으로 살았는지에 따라 나눠지는 질서정연한 심판보다는, 어떤 소명으로 물질세계의 경험에 투입되었는지 점검하고 보완하고 재설계하는 시스템이라고 보는 편이 더 맞을 것 같습니다.

어떤 사람들은, 인간은 인간으로 환생하며 개와 고양이는 다시 개나 고양이의 몸을 입게 된다고 말하기도 합니다. 이 또한 명확하게 단정 지을 수는 없지만, 저의 교감 경험으로 보자면 꼭 그렇지만은 않은 것 같습니다. 불교에서는 축생계(畜生界)를 이야기하여 생전에 악한 일을 저질렀다면 그 대가로 죽은 뒤에는 짐승이 되어 괴로움을 당한다고 합니다. 그래서 동물의 몸은 인간보다 못한 존재들이 그 벌로서 입게 되는 것이라고 하지요. 동물을 인간보다 하등한 존재로 보는 또 하나의 이유가 되기도 합니다.

개인적인 견해지만 이러한 설명은 은유가 아닐까 합니다. 교감을 통해 만난 동물들의 영혼은 종교의 가르침이나 사람들의 생각처럼 저급하지 않습니다. 오히려 인간보다 영적인 존재들도 많았고 우리가 그들을 보는 눈이 저급해서 저급한 존재로 있을 뿐 본질은 그렇지 않더라는 것입니다. 그렇다고 항상 동물이 인간보다 낫다는 뜻도 물론 아닙니다. 모든 생명은 귀함과 천함이 따로 없이 그 자체로 존재 가치가 있으며 각각의 숭고한 목적에 맞게 만나고 헤어질 뿐입니다. 그 과정에서 역할이 다를 뿐입니다.

영혼교감에 있어서 제한된 경험만으로 그쪽 세상을 말하는 것은 다소 섣부른 감이 있습니다. 저는 강의를 진행하면서 건강한 애니멀 커뮤니케이터로 성장하는 사람들을 더 많이 보고 싶기도 했습니다. 제가 다 만날 수 없는 수많은 영혼의 이야기를 듣고 그들의 지혜를 나눠줄 누군가가 더 필요하다는 생각도 했지요. 이 또한 저의 욕심에 지나지 않을지 모르지만 저에게 소명이 있다면 그러한 길로 안내하는 자로서의 역할일 것입니다. 거친 나침반이나마 여러분에게 중요한 지침이 되길 바랍니다.

영혼과의 교감

여러분은 좀 더 실질적으로, 영혼으로 존재하는 동물을 만나는 방법을 알고 싶을 것입니다. 좌표를 들고 찾아갈 수는 없지만 우리가 배운 단순한 방법이라도 그 원리를 잘 이해했고 잘 기억하고 있다면 이후의 수련은 한층 수월해집니다.

살아있는 동물을 만나든 이 세상을 떠난 영혼을 만나든 가장 먼저 갖춰야 할 것은 편한 마음가짐입니다. 전체 교감 중에서 중요도의 비율을 따져보자면 편한 마음가짐은 90% 이상을 차지할 정도입니다. 어떤 스킬을 갖추었다 해도 편한 마음이 되지 않으면 교감에서의 오류 가능성만 키울 뿐입니다.

그런데 반려동물을 떠나보낸 사람의 마음은 평온할 수 없기 때문에 당분간은 원하는 대로 연결이 쉽지 않을 수 있습니다. 이 정도는 각오해야 합니다. 어쩌면 표면적으로는 교감처럼 보이지만 교감을 위해 자신의 마음을 다스리는 것, 그 자체가 중요한 목적이 될 수도 있습니다. 그리하여 교감이 준비되었을 때는, 더 이상 교감을 진행하지 않더라도 마음이 고통스럽지 않아 동물이 주고 간 소중한 가르침을 손에 쥐게 되는 것입니다. 마음이 비로소 잔잔해졌을 때 어떤 대상과도 연결이 가능합니다. 머리로만 마음이 평온하다고 생각하는 것과 다를 수 있습니다. 사람들은 의외로 자신의 상태에 대해 정확히 모르는 경우가 많습니다.

이제 준비가 되었다면 같은 방법으로 동물의 에너지를 통해 그와 만납니다. 이때 그 동물이 좋아할 만한 장소를 마음속에 그려보는 것도 좋습니다. 예를 들면 넓고 시원한 풀밭이나 아름다운 무지갯빛으로 둘러싸인 안전한 구(球)를 상상해서 그 안으로 초대해도 좋습니다. 어쩌면 동물 쪽에서 먼저 여러분을 초대할 수도 있습니다. 특히 영혼교감에서는 흔히 일어나는 일이기도 한데, 그들이 지내고 있는 공간을 기꺼이 보여준다면 살아생전 어디서도 경험하지 못할 특별한 손님이 되는 것이지요. 이때 마음속에 의심이 생긴다면 파도가 밀려와 싹 가져가는 상상을 해보시기 바랍니다. 그러면 그곳에는 온전히 여러분과 순수한 영혼, 둘만 남게 됩니다.

그렇게 만나게 된 영혼의 이야기는 여러분이 지금껏 알지 못했던 일들로 가득합니다. 여기에 남겨진 가족들의 마음을 전하느라 마음이 아프기도 하겠지만 그 감정에 휘둘린 채로 시간을 낭비할 수 없습니다. 다시 한번 강조하지만 우리는 다 같이 동물을 사랑하는 사람으로서 누구보다 가족의 마음에 깊이 공감할 수 있습니다. 하지만 그 공감에 너무 몰입하지 말고 대화를 이끌어가는 사람으로서 객관성을 잃지 않는 중심이 필요합니다. 그랬을 때 동물로부터 전해오는 이야기는 더욱 순수하고 의미 있는 정보가 될 것입니다.

영혼교감을 다소 어렵다고 느끼는 이유 중 하나는, 그쪽 세계를 잘 알지 못하기 때문에 어떤 정보가 인식되어도 그것을 처리할 방법이 없다고 느끼기 때문입니다. 그래서 어떻게 표현해야 할지 몰라 당황하는 경우도 많은 것 같습니다. 이럴 때는 어떻게 해야 할까요? 영혼 세계를 가르치는 공부는 없고 어떤 것도 정설(定說)이 될 수는 없습니다. 여러분의 경험을 통해 하나하나 구슬을 꿰듯 인내심을 가지고 배워나가는 수밖에 없습니다. 역시 아는 만큼 보이기 마련이지요. 예를 들어 컵이라면, 컵을 어떻게 안다고 할 수 있을까요? 우리는 보통 대상에 대한 경향성을 아는 것이지 본질에 대해서는 완벽하게 알지 못합니다. 결국 내가 바라보는 것에 따라 달라질 수 있다는 얘기입니다. 다행인 것은, 어느 정도 교감 수련에 익숙해지고 나서 만나는 영혼들은 우리를 친절히 안내해주기도 한다는 점입니다. 우리가 제대로 준비가 되어 있다면 말이지요.

동물과의 영혼교감을 통해 세상을 보게 되면, 어쩌면 이전의 삶으로 돌아가기 힘들어질 것입니다. 진귀한 보석으로 치장된 곳은 아니지만 어떤 수단으로도 표현할 수 없는 아름다운 곳이기 때문입니다. 반면 이전의 삶은 온갖 두려움과 욕망, 환영(幻影)이 가득한 마야(Māyā)[10]입니다. 여기까지 느끼게 된다면 우리는 동물의 죽음을 통해 삶을 어떻게 꾸려가야 할지, 이전의 삶으로 돌아가더라도 두려울 것이 없을 것입니다.

동물교감에 있어서 동물과 연결하는 기술만 너무 좇으려고 하지 마시길 바랍니다. 또는 자신의 신비로운 능력을 칭송받는 것에 집착하지 않기를 바랍니다. 한번 습득하면 몸이 평생 그 방법을 기억해주면 좋겠지만, 안타깝게도 동물교감에서의 기술은 마음가짐에 따라 한순간에 사라지기도 합니다. 능력이라고 생각한 그 무언가가 없어지기도 하고 오히려 이전보다 못한 아수라계를 재

---

10) 마야(Māyā)는 환(幻) 또는 화상(化像)을 뜻하는 산스크리트어.

현해 보이며 살게 되는 수도 있습니다. 더 슬픈 것은 자신이 자신을 모른다는 데에 있지요.

동물교감을 시작한 여러분에게 중요한 것은 동물의 지혜를 여러분의 언어로, 여기에 남은 가족들과 세상에 알리는 데에 있습니다. 여기에 마음을 집중시켜보기 바랍니다. 그랬을 때 동물들도 기꺼이 그들의 세상을 열어줄 것입니다. 저는 여러분이 그곳에 초대되는 귀빈이 되기를 바랍니다.

영혼교감에서의 주의사항

동물교감에서 처음에 사람들이 미혹되기 쉬운 것은, 동물교감이 동물과 연결해 대화를 하는 것이라고 생각했는데 의외로 다양하고 정확한 정보들이 쏟아지는 신기함입니다. 동물교감에 관심이 깊은 사람들에게도 공개되지 않은 어떤 사실이 있는데, 그것은 동물교감 상담을 하는 사람 중에 소위 신내림을 받은 사람도 있다는 사실입니다. 그쪽 세계에 대해서 저는 잘 알지 못하지만, 신내림을 받은 사람들은 인간의 대소사를 맞히는 것은 기본이며 그 대상만 동물로 바뀌게 된 것뿐입니다. 자신의 일에 대해 그들은 '그래서 동물 쪽으로 푸는 것'이라고 설명합니다. 그런 경우라면 굳이 강의에 참여하거나 동물교감의 세계에 대해 배우고 수련하는 과정 없이도 동물이 어떠한 상태인지, 어디가 아픈지, 무엇을 원하는지 아는 것도 어렵지 않을 것이라 생각됩니다.

다소 조심스럽지만 그들은 각각의 신(神)을 모시며 살고 있습니다. 신과의 관계까지는 잘 모르지만 다른 차원에 있는 그들의 신이라면 이쪽 세상에 대해 파악하는 것이 매우 쉬울 것입니다. 우리 곁에 함께 지내고 있는 반려동물의 문제를 애니멀 커뮤니케이터에게 문의하지 않아도 신통한 신의 도움을 받을 수 있겠지요. 그런데 문제는 영혼교감입니다.

영혼교감에서 만난 동물들의 영혼에 대해 여러분은 열린 마음으로 이해해야 합니다. 한낱 짐승이 아니라 각자의 영적 성장을 위해 필요한 몸을 얻어 다시 이 땅으로 온 존재들이라는 사실을 기억하십시오. 자신의 배움을 위한 경험이 적절하게 펼쳐질 수 있도록 가족이나 주변 사람, 반려동물에 이르기까지 어느 하나 오차 없이 정확하게 설계된 인연 속에 지내고 있는 것입니다. 거기에서 배움이 있었다면 그 삶이 길든 짧든, 행복했든 아니었든 의미 있는 과정을 마친 것이 됩니다. 그렇지 않았다면 깨우침이 있을 때까지 다시 삶은 반복되고 고통스러운 상황은 재현됩니다. 고통이라고 표현한 이유는, 대부분의 사람들은 뼈아픈 경험을 통해서 비로소 깨닫기 때문입니다.

누구나 카르마로 인한 바꾸기 어려운 습성이 있습니다. 순간적인 실수나 어리석은 말과 행동을 반복하기도 하겠지만 지혜로운 영혼이라면 그 속에서도 중요한 것을 놓치지 않을 것입니다. 그리하여 하나의 삶을 끝내고 하늘로 돌아가는 순간, 그는 온전히 깨닫습니다. 자신의 삶이 객관적으로 보이는 순간이지요. 수도 없이 반복되는 육화(肉化)를 통해 얻은 깨달음은 영혼이 더 이상의 성장을 거듭할 이유가 없을 때 우주와 하나됨으로 이어집니다. 거기에는 수많은 단계가 존재합니다. 실제로 여러 단계로 높아지는 차원이 존재할 수도 있고, 단순히 이해하기 쉽도록 나누어놓은 구분일 수도 있습니다.

동물교감 특히 영혼교감에서 우리가 주의 깊게 생각해야 할 대목입니다. 사람들은 동물이 인간보다 하등한 존재라고 여기는 경향이 있습니다. 먹고 자고 영역싸움을 하며 삶을 유지해나가는 것이 전부인 것처럼 보이는 동물의 세계는, 인간이 다양한 방식으로 통제하고 있기 때문에 인간보다 열등한 존재로 보이기 쉽습니다. 그런데 내가 어떤 대상을 완벽하게 통제할 수 있다고 해서 그가 나보다 못한 존재가 되는 것은 아닙니다. 머리와 힘의 척도가 그 영혼의 가치를 판단해줄 수는 없는 법이지요.

어쩌면 인간이 동물에 대해 속속들이 몰라서 그랬을 수도 있다는 생각이 듭니다. 눈에 보이는 것이 전부라고 느낀다면, 그들이 겪고 있는 세상의 이치와 그들이 무엇을 배우기 위해 이 세상에 왔는가 하는 소명, 얼마만큼의 경험을 통해 얼마나 성장한 영혼인가 하는 것들은 도저히 알 수 없습니다. 더구나 우리의 성숙도가 상대보다 더 커지지 않는다면 우리는 결코 그를 알아볼 수 없습니다. 하물며 동물이 각자의 삶을 끝내고 하늘로 돌아가 순수한 영혼으로 머물러 있을 때라면 어떨까요? 우리가 최소한 그 영혼이 머물고 있는 세계를 가늠할 수 있을 정도로 커지지 않는다면 결코 제대로 파악할 수 없습니다.

교감이라는 수단은 단순해 보이지만, 세상 전체에 나를 열고 받아들이는 과정입니다. 하지만 딱 우리의 수준만큼만 받아들일 수 있습니다. 영혼교감에서는 그보다 더 큰 제약이 있습니다. 그 자체로 존재하는 무수한 이야기를 들어오는 '나'가 중요한데도, 그 매개체가 어느 수준에 머물고 있는지도 모를 어떤 '신'이 된다면 분명 한계가 생겨버리게 되지요. 왜냐하면 동물의 영혼의 수준이, 우리가 평소 동물을 인식하는 것보다 훨씬 크고 영적인 경우도 아주 많기 때문입니다. 여기서도 다시 한번 중요한 사실이 도출됩니다. 우리는 동물과의 교감을 통해 어떤 사실을 파악하거나 알려주려는 일차적인 목적이 있지만, 목적 달성을 원활하게 해주는 것은 외부적인 요인이 아니라 우리 자신에게 달려있다는 것입니다.

또 하나 영혼교감에서 주의할 점이 있습니다. 반려동물을 떠나보낸 사람은 마음이 혼란스러워 당장은 교감이 어려울 수 있기 때문에 다른 사람에게 의뢰하게 됩니다. 남은 사람들이 가장 그리워하는 것은 사랑하는 그 동물의 따뜻한 체온입니다. 한 번만 더 보고 싶고 단 한 번만이라도 다시 안아볼 수 있다면, 다함 없는 마지막 사랑을 그 순간에 모두 전해줄 수 있을 것 같습니다. 이러한 마음을 절절히 공감하기 때문에 떠난 동물의 영혼이 언제 우리 곁으로 다시 올지 이 부분에 초점을 맞추는 경우가 많습니다. 많은 경우, 남은 가족은 그 동물을 다시 만나고 싶다는 마음이 간절합니다. 그래서 지속적으로 그 영혼에 묻고 또 묻고 언제 어떻게 어떤 모습으로 우리에게 다시 올지, 본의 아니게 재촉하는 경우가 있는 것 같습니다.

제 경험에 비춰보면, 영혼교감을 진행한다고 해도 동물의 영혼이 모든 사실을 정확히 알고 있는 경우는 많지 않습니다. 알고 있다 하더라도 우리와 더 이상 만날 이유가 없다면 그를 재촉할 일도 아닙니다. 내가 사랑했던 영혼이, 더이상 나를 만나지 않는다고 하면 인간적으로 매우 서운함을 느끼게 됩니다. 그러나 감정의 잉여가 아닌 각자의 성장을 위한 다른 여정이 있을 수 있다는 것을 이해해야 합니다.

우리에게는 한평생이 기나길게 느껴지지만 큰 차원에서 보면 찰나 중의 찰나에 불과합니다. 우리는 대부분 앞으로도 수많은 삶을 거듭해야 할 것이고, 수많은 생명을 만나 수도 없이 많은 일을 또 경험하게 될 것입니다. 이번의 삶이 마지막이고 이번에 만나지 못하면 영영 이별이라는 절박한 심정에 매달리지 않기를 바랍니다. 또 그러한 사람들의 마음에 끌려 하늘의 질서에 개입할 수도 없는 노릇입니다.

우리가 영혼교감에서 배울 수 있는 것은 아주 많습니다. 우리에게 펼쳐질 수밖에 없었던 무수한 우연들이 모두 잘 설명됩니다. 이별이 있기 전에는 전혀 알 수 없었던 것들이지요. 우리 곁의 반려동물은 어떻게 우리에게로 왔는가, 아무런 대책 없이 맞게 된 그 순간에도 정연한 질서가 개입되어 있음을 아는 것은 놀라운 발견입니다. 무심코 흘려보낸 소중한 시간들, 그때는 몰랐던 그 시간들이 아프게 기억됩니다. 우리는 늘 더 반짝이는 무언가가 다른 곳에 있을 거라 기대하기 때문에 정작 소중한 것이 옆에 있어도 그 가치를 몰라보기 십상입니다. 허망한 열정으로 삶을 낭비하는 동안 우리 곁의 소중한 생명은 늙어가고 병들고 나이가 들어 떠납니다. 떠나고 나서야 우리에게 유일한 위안이었던 그 따뜻한 체온이 사무치게 그리워집니다. 그리고 한없이 어리석었던 자신에 대한 반성이 이어집니다. 어리석음을 바로 볼 수 있다면 우리는 도약의 순간에 서는 것입니다. 그것이 바로 우리 곁에 있었던 그 동물의 크나큰 가치일 것입니다.

교감이 우리에게 주는 의미

동물교감을 좀 더 여러분의 환상에 맞게 설명할 수도 있었을 것입니다. 조용히 눈을 감고 동물에게 집중하면 그림처럼 펼쳐지는 것들, 사진과 영화처럼 스쳐 지나는 것들을 조용히 응시하도록 할 수도 있습니다. 그러나 처음 피아노를 배우고자 찾아온 학생에게 몸으로 음악을 느끼고 그것을 건반 위에 흐르듯 표현해보라고 한다면 매우 당황할 것입니다. 음악적인 천재성을 타고난 극히 일부에게만 통할 수 있는 얘기겠지요.

동물교감이 안정적으로 체득될 수 있도록 추상적이나마 기본적인 교감의 세계를 설명했고 그를 바탕으로 실질적인 연습을 해볼 수 있도록 여러 방법을 제시했습니다. 보통 이런 방법이 다소 시시하고 막연하고 기나긴 여정으로 느껴질 수 있다는 것을 압니다. 그러나 우리가 꿈꾸는 야상곡을 연주하기 위해서는 지루한 연습이 어느 정도 필요하다는 것을 받아들여야 합니다. 우리 안에 내재돼 있는, 동물과 그 영혼에 대한 사랑을 믿는 마음으로 차근차근 그 과정을 밟아간다면, 시간의 차이는 있지만 편안하게 여러분만의 동물교감 방식이 완성될 것입니다. 일부의 어떤 사람은 너무나도 간단하게 동물교감을 이해하고, 바로 편안한 방법으로 야상곡을 연주하는 수준에 이를 수도 있을 것입니다. 어느 쪽이건, 여러분 곁의 사랑하는 동물과 마음으로 연결될 수 있도록 동물교감에 대한 전반적인 것들을 다뤄보았습니다.

특히 강조하고 싶었던 것은 동물교감이 어떤 스킬만으로 완성될 수 없다는 점입니다. 당장 정확한 방법을 모르기 때문에 구체적으로 어떻게 동물과 연결하고, 몇 분 동안 명상을 해야 하며, 동물과 연결을 위해서는 사진을 몇 초 봐야 하는지, 연결이 되었을 때는 어떤 느낌들이 오는지 사례를 들어 설명하는 것을 듣고 싶었을지도 모릅니다. 안타깝지만 개별적인 상황에 대한 정답은 없습니다. 다만 저의 설명을 통해 이치를 바로 알게 된다면 몇 회의 연습만으로도 스스로 답을 찾을 수 있게 될 것입니다. 각자의 상황에 맞게 스스로 터득해가면서 두려움 없이 동물교감의 세계가 더욱 깊어질 수 있도록, 여러분의 모습을 염두에 두었습니다.

애니멀 커뮤니케이터는 단순히 우리가 모르는 동물들에 대한 어떤 정보만 가져오는 사람이 아닙니다. 동물의 언어를 배워 통역하는 사람이 아니고 우리 내면의 사랑의 언어로 소통해야 하는 사람들입니다. 사랑의 언어는 책이나 강의를 통해 배울 수 있는 것이 아닙니다. 여러분이 사랑 자체가 되었을 때 비로소 깨우칠 수 있습니다.

사랑은 그 어떤 에너지보다 크며, 우리 하나하나 삶의 목표는 달라 보이지만 궁극은 사랑입니다. 그래서 매 순간 매번의 삶을 통해 사랑이 커져가면 더이상 그곳에는 '사랑이 있다'고 말할 어느 것도 존재하지 않습니다. 모든 것이 사랑이기 때문에 모두 사랑이 아닌 것과 다름이 없게 됩니다.

지금 우리 곁에 있는 반려동물, 언젠가 우리가 떠나보낸 그 생명과는 어떤 소중한 인연이었을까요? 그 인연을 통해 우리는 무엇을 배웠을까요? 또는 그들이 맑은 눈빛으로 우리에게 던져준 숙제는 과연 무엇일까요? 우리는 교감이라는, 동물과 연결될 수 있는 방법을 배웠지만 그를 담고 있는 큰 의미를 발견하는 것이 바로 그 과제를 멋지게 완성하는 일일 것입니다.

지금 우리를 이루고 있는 정신과 영혼은 우리가 사랑하고 있는 어떤 것들입니다. 우리가 사랑했던 동물들은 우리와 그들의 영혼까지 성장시키고 결국에는 더 큰 하나가 되어 다시 만나게 됩니다. 동물교감이 그를 위한 하나의 길임을, 가슴에 깊이 새길 수 있기를 바랍니다.

한때 네가 사랑했던 어떤 것들은
영원히 너의 것이 된다
만약 네가 그것들을 떠나보낸다 해도
그것들은 원을 그리며
너에게 돌아온다
그것들은 너 자신의 일부가 된다

- 앨런 긴즈버그 '어떤 것들'